제주 방랑

책은 나를 아주 멀리까지 데려간다

제주 방랑

책은 나를 아주 멀리까지 데려간다

제 1판 제 1쇄 2023년 10월

지 은 이 권수정(@written_sj)
펴 낸 곳 책방심다(@simdabooks)
주 소 전라남도 순천시 역전2길 10
전 화 061-741-4792

제주 방랑

책은 나를 아주 멀리까지 데려간다

권수정

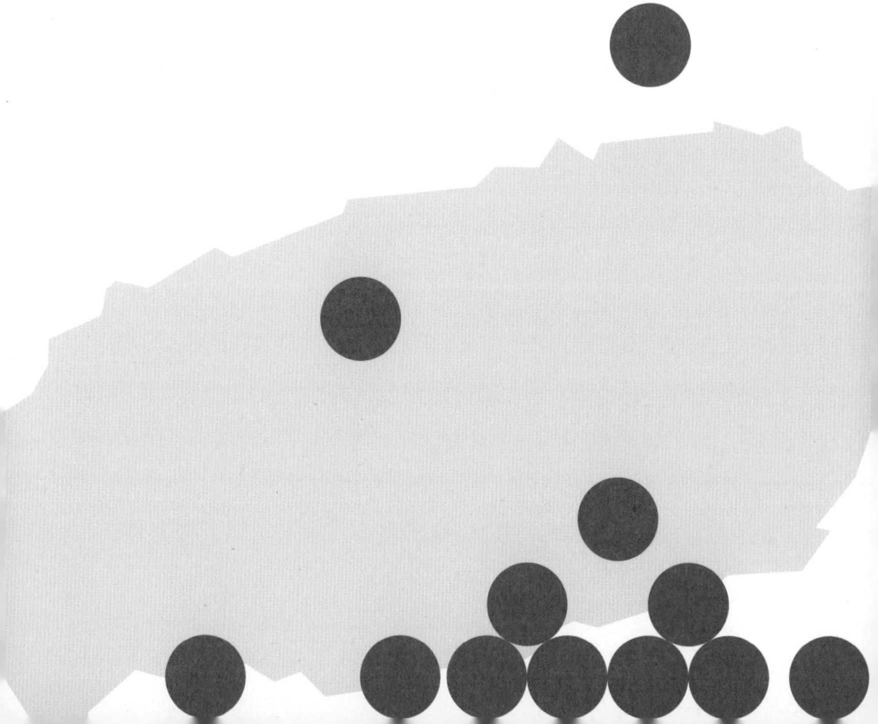

제주도로 짧지도 길지도 않은 여행을 떠났다. 거기 가면 뭐가 달라질 거라 생각한 건 아니었다. 다른 공간, 다른 만남, 다른 환경이 나를 송두리째 바꿀 가능성을 부정하진 않지만 무작정 떠난다고 능사는 아니라는 것을 알 만한 나이였기 때문이다.

프롤로그

어느 날 잘 먹지도 않는 키위를 사 와 성급히 깎아 먹었다. 후숙이 되지 않아 얼마나 시고 떫든지. 어우, 아직 안 되겠다. 입 안에 든 키위를 뱉으면서 생각했다.

나, 꼭 이 키위 같네.

세 번째 책이 늦어진 이유다. 첫 번째 것과 두 번째 것은 겁도 없이 내놓았는데 세 번째는 한없이 어려웠다. 벌써 체면을 차리고 싶나 보다. 두어 해 사이에 조금이지만 나이가 늘었고 사회적으로 알게 된 사람도 늘었다. 불러주는 곳이 있으면 부족한 책들을 앞세워 '작가' 노릇도 했다. 대수롭지 않은 책을 추어올려 주는 사람들 앞에 설 때마다 도망가고 싶었고 모든 걸 다시 쓰고 싶었다. 다음 책은 정말 잘 쓰고 말겠다는 중압감이 너무 컸는지 한동안은 글을 쓰고 책을 펴낼 마음이 들지 않았다.

한 진로 진학 담당 선생님의 제안을 받아 고등학교에 '작가' 타이틀을 달고 강연을 하러 간 적이 있다. 남고라서 내심 걱정했는데 생각보다 많은 학생이 눈을 빛내며 들어 주었다. 오길 잘했구나 싶었다. 그리고 다음 해에 나는 똑같은 자리에 다시 강연자로 나섰다. 작년에 본 얼굴이 있어 반가웠다. 학생들에게 작가라는 건 무엇이건 계속해서 쓰는 사람, 쓰기를 멈추지 않는 사람을 의미한다고 말해주고서 내 이력이 적힌 슬라이드를 보는데 작년의 나와 올해의 나 사이에 달라진 게 아무것도 없었다. 얼굴이 화끈거려서 대충 얼버무리고 슬라이드를 넘겼다. 일이 바빴다는 변명은 하고 싶지 않았다. 잡문이라도 꾸준히 써서 남에게 내보이며 살지 못했는데 학생들 앞에서 작가랍시고 뭘 설명하며 서 있다니.

휴직을 하고 제주도로 3주 간의 여행을 떠났다. 휴직자 신분으로 갈 수 있는 가장 먼 곳이었다. 2022년 9월의 일이니 벌써 1년이 흘렀다. 제주도에 가면 뭐가 달라질 거라 생각한 건 아니었다. 다른 공간, 다른 만남, 다른 환경이 나를 송두리째 바꿀 가능성을 부정하진 않지만 무작정 떠난다고 능사는 아니라는 것을 알 만한 나이였기 때문이다.

여행기를 쓰기로 했다. 무수하고 흔해 빠진 제주도 여행기를. 제주도에 얽힌 숱한 사람들의 이야기가 있다고 해도 내가 겪은 이야기는 유일할 게 아닌가. 후숙되지 않은 글일지언정, 일단 내놓으면 타인의 비웃음을 살지는 몰라도 나 자신에게 부끄러운 사람은 되지 않을 수 있을 것 같았다. 기왕지사 한 살이라도 젊을 때 책을 내야 치기로라도 이해 받을 수 있지 않겠냐는 얄팍한 마음도 있었다.

지친 심신을 이끌고 떠난 여행에 스펙터클은 없었다. 어떤 날은 도무지 움직이기 싫어서 숙소 반경 100미터 내에 있는 카페와 침대를 오가며 보내기도 했다. 하루가 너무 시시해서 마음 같아서는 없던 일도 있었다고 쓰고 싶었다. 그게 바로 소설 아닌가. 그러나 아직 소설을 쓰지 못한 걸 보면 없는 걸 있다고 꾸며낼 능력이 내게는 없나 보다.

여행을 마치고 돌아와서도 약 1년 동안이나 글을 붙잡고 있었다. 글이 써지지 않을 때마다 괴롭고 초조했지만, 그럼에도 한없이 침잠하지 않을 수 있었던 것은 학생들에게 작가란 '무엇이건 계속 쓰는 사람'이라고 했던 말을 지키고 싶었기 때문이다.

내 책이 쓰기 싫어 다른 책으로 도피할 때마다, 다시 책 속에서 내가 마주한 여행의 현실이 복잡하게 얽히고 설키는 것을 경험했다. 혼자 떠난 여행이지만 거기서 만난 사람이 있고 거기서 읽은 책이 있어서 혼자만은 아니었다. 이 책은 제주에서 보낸 짧은 시간 동안 경험한 일과 읽은 책의 합이다.

써내려 간 글들을 매만지며 시고 떫은 시간을 오래 오갔다. 그렇게 나를 견디며 썼다.

차 례

{ Chapter 3 } 한경면

{ Chapter 4 } 선상읍

{ Chapter 1 }

제주시

씩씩한 여자들이 혼자 여행을 온 것인지 혼자 여행을 와서 씩씩해져야만 했는지는 알 수 없지만. 걸을 일이 없다면 좋으련만 여행은 걷고 걷는 일의 연속이니 우린 일단 씩씩해져야 한다.

Day -1 용감한 수정씨

엄마는 요즘 독일의 모 회사가 만들었다는 건강기능식품에 푹 빠져 있다. 꼬박꼬박 챙겨 먹었더니 피로가 싹 가시고 운동도 하지 않았는데 주변에서 다들 살 빠졌냐고 물어 온다는 그녀의 증언은 흡사 종교적 간증에 가깝다. 엄마 돈으로 사겠다는데 말릴 수야 없지만, 지난번에 사 놓고 아직 다 먹지 못한 미국산 건강기능식품이 아직 몇 박스씩 남았다는 게 문제다.

출발 전날에도 엄마는 그 건강식품을 여행에 꼭 챙겨가야 한다며 엄마 회사에 들렀다 가라고 했다. 물건도 받고 점심도 먹을 겸 회사 근처로

가서 엄마를 만났다. 차를 타고 식당으로 가면서 엄마는 어딘가로 전화로 걸어 식당 상호를 알려주고 끊더니, 엄마의 직장 동료들도 그곳으로 올 거라고 했다.

"아니, 왜?"

나는 '아니'를 보통 한국인에 비해 두배 더 많이 쓴다.

"원래 약속이 있었는데, 네가 온다고 한 거지."

엄마는 그게 마치 내 탓이라는 듯 뻔뻔하게 말한다.

"약속 있다고 말을 하지!"

한번 더 튀어나오려는 '아니'를 참고 말했다.

"뭐 어때. 직원들은 괜찮대, 너만 안 불편하면."

갑작스레 얼굴도 모르는 사람들과 밥을 먹는데 어떻게 안 불편하냐고 말하고 싶었지만 때는 늦어 있었다. 이제 와 엄마가 직원들에게 "우리 딸이 불편하다네. 다음에 같이 먹어."라고 말하게 만들고 싶지 않았다. 살갑지는 못해도 까탈스러운 자식을 뒀다고 생각하게 만들고 싶지 않았다. 그래 봐야 한 끼다. 살면서 수없이 먹어 왔고 먹게 될 끼니 중 한 끼. 마음을 내려놨다. 식당에 들어가 김치찌개를 시키고 직원들을 기다렸다. 12시가 조금 넘어 식당에 들어온 직원들은 나보다 대여섯 살쯤 많은 여자 둘이었다.

두 사람은 팀장님께 말씀 많이 들었다며, 유튜브도 잘 보고 있다며 친근하게 말을 걸어왔다. 그들은 내가 책을 냈다는 사실까지 알고 있었다. 내가 모르는 사람들이 나에 대해 너무 잘 아는 상황이 당황스러웠다. 이 정도 반응조차 부담스러운 걸 보면 연예인이 되지 않은 게 다행이다. 나는 일부러 화제를 돌렸다. 앞접시에 김치찌개를 퍼 담으며 한 직원이 내게 물었다.

"제주도 가신다면서요? 누구랑 가요?"

그러나 여행 계획까지 공유 당하는 것은 작가로서의 숙명인가 엄마 딸로서의 숙명인가? 나는 커진 콧구멍을 조금 벌름거리면서 맞은편에 앉은 엄마를 흘겨보고는 대답했다.

"네, 혼자 가요."
"와, 부러워요. 근데 무섭지 않아요?"

무섭지 않냐니? 인도도 아니고 중동도 아니고, 제주도에 혼자 가는 게 무섭지 않냐니! 나는 잠시 질문을 이해하지 못하고 벙쪄 있었다. 대학 시절부터 가까운 일본이나 베트남부터 싱가포르와 호주까지 혼자 여행을 다녀온 나로서는 납득하기 어려운 염려였다. 건방지지만 정말 그랬다. 다음 말을 듣기 전까지는.

"요즘 세상이 특히 흉흉하잖아요. 수정씨 정말 용감하네요."

세상은 언제나 흉흉했지만 그 말은 분명히 얼마 전에 벌어진 한 가지 구체적 사건을 가리키고 있었다. 대낮에 지하철 역사 화장실에서 한 남성이 자신을 만나주지 않는다는 이유로 직장동료에게 칼을 휘둘러 죽게 한 사건. 여성이 죽는 일은 낮과 밤과 한적한 골목과 인파로 북적이는 대로를 가리지 않고 벌어져 늘 놀라웠지만 일터에서 화장실에 갔다가 난데없이 살인을 당할 수도 있다니 충격이 아닐 수 없었다.

홀로 긴 제주 여행을 계획하면서 그 사건을 고려하지 않은 걸 보면 나는 그 사건을 안타까워하면서도 철저히 내 일은 아니라고 생각했던 모양이다. 하지만 그게 내가 될 수도 있다는 가능성을 이렇게 글로 적는 일은 너무나 두렵다. 정말 그럴까 봐. 내가 당할까 봐. 나는 글의 힘을 믿는 사람이므로 그 글이 나를 잡아맬 것 같아서 SNS에 '그게 내가 될 수도 있었다'고 쓰지 못했다.

그 이야기가 식탁에 오르자 좀 전까지 만만하게만 생각했던 여행이 갑작스레 생존미션처럼 느껴졌다. 여행은 안전한 보금자리를 떠나 끊임없이 자기를 외부에 노출하고 신원을 알지도 못하는 사람들과 잠자리를 공유하는, 불필요한 위험을 자초하는 일이다. 불특정 타인과의 교류가 늘어난다는 점은 그렇다 치고 낯선 환경에서 혼자 차를 몰면서 사고가 나진 않을지, 비좁은 시골길로 들어섰다가 오도가도 못하고 낑낑대진 않겠는지, 정말 아무 일도 없이 무사히 돌아올 수 있겠는지. 꼬리에 꼬리를 문 불안은 눈덩이처럼 불어났다.

실은 죽고 사는 게 결국 확률의 문제라는 걸 알면서도 뭐든 삼가고 조심하며 살아온 나였다. 회사에서는 최대한 섹슈얼리티를 감추려고 했고, 2차를 피해 다녔다. 상사의 옆에 앉지 않기 위해 식당 화장실에 숨어 있다가 안전한 자리를 노리는 등 행여 불미스러운 일의 단초에도 얽히지 않으려고 '스스로' 조심했다. 사람이 아니라 술을 믿을 수 없었기 때문에.

여행지에서 밤을 즐기고 싶어도 꾹 참았다. 밤에 더 빛나는 관광지를 가고 싶을 땐 반드시 동행을 구했다. 해외에서는 외국인보다 무서운 게 한국인이라며, 낯선 곳에서 동향 사람을 만났다는 반가움에 나도 모르게 풀어지는 마음을 다잡으라는 여행 카페의 조언도 꼭꼭 마음에 새겼다. 동행하게 된 사람들의 연락처와 카카오톡 프로필 사진을 하나하나 캡처해서 친한 친구에게 미리 보내두었고, 혹시라도 내가 갑자기 연락이 끊기면 신고해달라는 부탁을 했다. 그들이 나쁜 사람이 아니라는 걸 알게 됐을 땐 조금 미안한 마음도 들었지만 어쩔 수 없었다.

미친 세상에서 불운의 타깃이 될 가능성을 조금이라도 줄여보려고 온몸을 사려가면서 여행했던 나는 정말 용감한 사람이었을까. 여성은 자유로워야 한다고, 인간이니까 자유로워야 한다고. 어딜 갈지 뭘 입을지 무슨 행동을 할지 자유롭게 결정할 수 있어야 한다고 말하면서도 실은 한 번도 그렇게 살아보지 못했다. 짧은 치마 하나 입을 때도 너무 가벼워 보이지 않을까, 이상한 사람의 눈에 띄지는 않을까 염려하지 않았던가.

어떤 이론과 주장도 '어쩌면 죽을지도 모른다'는 공포 앞에선 무력했다. 나는 나를 사랑하는 사람들이 전해준 걱정과 조언을 꼭꼭 씹어 삼키며 조심하며 살았다. 그렇게 모든 것을 삼갔기 때문에 내가 아직 살아 있는 걸까. 아니면 그냥 운이 좋았을 뿐인 걸까.

●●

여행지를 혼자 걷는 여자들을 보면 하나같이 유난히도 씩씩하다. 씩씩한 여자들이 혼자 여행을 온 것인지 혼자 여행을 와서 씩씩해져야만 했는지는 알 수 없지만. 혼자 걸을 일이 없다면 좋으련만 여행은 걷고 걷는 일의 연속이니 우린 일단 씩씩해져야 한다. 어깨 쫙 펴고 고개 쳐들고, 나를 건드리면 네가 누구라도 가만있지 않겠다는 눈빛으로 당당하게 걸어야 한다.

집에 돌아와 전신거울 앞에 서서 걸음걸이를 연습해보았다. 늘 해오던 일이라 어렵지 않았다.

Day 0 입도

긴 여행이니 차를 가져가기로 했다. 자연스레 입도 수단은 비행기 아닌 배가 됐다. 여수에서 제주로 가는 배는 새벽 1시 20분에 출항해서 이른 아침이면 제주항에 도착하기 때문에 온전히 하루를 여행할 수 있다. 다섯 번째 제주 여행이지만 배를 타보기도, 직접 자동차를 선적해보기도 처음이었다.

밤 열한 시에 차를 몰고 순천에서 여수 엑스포항으로 갔다. 라디오를 시작한 후로 벌써 삼 년 가까이 다니고 있는 길인데도 불빛이 희박한 밤길을 혼자 달리고 있자니 어딘가 오싹했다. 항구에 도착하자 경광봉을 든 직원이 발권에 앞서 차부터 선적하라며 트럭들을 따라가라고 신호했다. 내가 탈 배는 건조된 지 2년도 되지 않은 그야말로 '신상' 배로, 실물로 본 것 중에는 시드니의 달링하버에서 보았던 대형 크루즈선 다음으로 컸다. 제주 번호판을 단 트럭 뒤에 졸졸 따라붙어 갑판에 오르자 선원들이 차 바퀴를 바닥에 매주었다. 이렇게 깊은 밤에도 매일 누군가는 배 위에서 일을 하고 있다는 게 이상했다.

내가 고른 3등 객실은 객실이라기보단 넓은 마루에 가까웠다. 수요일 새벽에 제주로 향하는 승객은 그리 많지 않아서 내게 배정된 마루에는 아직 아무도 없었다. 혹시 낯선 사람과 단둘이 거기에 있게 되는 상황이 생길까 봐 그냥 로비의 소파에 자리를 잡았다.

새로 만든 배라 그런지 배 안에는 식당, 카페, 게임방, 안마의자까지 온갖 편의 시설이 다 구비되어 있었다. 돈을 좀 더 주고 개인 객실을 고른다면 2박 3일도 탈 수 있을 것 같았다. 영화 <타이타닉>처럼 아주 큰 호화 크루즈로는 100일씩 200일씩 세계 일주를 하기도 한다는데, 생각보다 고되거나 힘들지 않겠다 싶어 네이버에 '크루즈 세계일주'를 검색해보았다. 여행 상품은 4천만 원부터 1억 2천만 원까지 다양했지만 내가 살 수 있는 상품은 없어 보였다. 어떻게든 몇 천만 원쯤 '영끌'로 마련해본다고 해도, 200일씩 노동을 하지 않고 돈만 펑펑 쓰는 생활을 선택할 수 있는 마음의 여유는 마련할 수 없을 것 같았다.

창밖을 내다보니 배가 조금씩 움직이며 여수항을 떠나고 있었다. 챙겨온 책을 읽어보려 했지만 무사히 배에 올랐다는 사실에 긴장이 풀려 글자가 눈에 들어오지 않았다. 잠이나 자자며 배낭을 베개 삼아 모로 누웠다. 소파가 애매한 C자 커브로 놓여 있어 모양에 맞게 몸을 구부려야 했다. 방금까지 수천만 원 짜리 크루즈 여행을 검색하다가 소파에 몸을 구겨 누우려니 난데없이 초라한 기분이 들었다. 이러니 모르는 게 약이다.

이른 아침 잠에서 깼다. 등허리가 좀 뻐근했지만 단잠이었다. 바람을 쐬러 갑판으로 나가보니 구름 뒤로 해가 막 떠오르고 있었다. 해의 붉은 기운이 구름 사이를 강하게 뚫고 나와 바다의 표면을 길고 붉게 물들이며 일렁였다. 비행기 상공에서 보았던 일출과는 또 다른 황홀함이었다. 바다 멀리 제주도의 모습이 희미하게 보이기 시작했다. 얼마 후 하선을 알리는 방송이 흘러나왔다. 차가 선적된 갑판으로 나가 운전석에 올랐다.

좋은 작품은 보는 눈과 듣는 귀가 없어도 본능으로 그 좋음을 느낄 수 있고 아름다운 풍경은 평생을 겪어도 무뎌지지 않을 수 있다는 것. 인간이 그런 감각을 가진 존재라는 게 감사했다.

{ Chapter 2 }

애월읍

Day 1 샨티샨티

여행을 앞둔 어느 날, 새벽 수련을 마친 후 찻자리에서 제주 여행 계획을 공유했다. 배를 타고 가겠다 하니 선생님과 동료 도반은 내 첫날 오전 일정을 사라봉 - 해장국 - 요가원 순서로 정리해주었다. 선생님이 말한 요가원은 우리가 수련하는 하타 요가의 대가가 지도한다는, 슈퍼스타 이효리가 10년 넘게 수련하고 있다는 곳이었다. 나는 그때까지 제주도가 요가인들의 성지라는 것도, 요가를 포함한 각종 웰니스(wellness) 사업이 발달한 곳이라는 것도 전혀 알지 못했다.

여행 첫날 첫 코스로 등산을 하고 싶은 마음도, 제주도까지 가서 굳이 요가의 대가를 찾아가 몸을 혹사당하고 싶은 마음도 없었지만 그렇다고 아침 7시 30분에 갈 만한 다른 곳이 있는 것도 아니었다. 나는 대기가 길다는 해장국 집만 빼고 추천 루트를 따라보기로 했다. 안 하던 걸 해보는 게 여행의 묘미기도 하니까.

하선해서 제주항을 빠져나오자 곧바로 사라봉이 보였다. 주차장에 차를 대고 포장된 도로를 따라 조금 올라가니 나무가 우거진 자그마한 흙길이 나왔다. 사람들을 따라 그리로 들어섰다. 수요일 이른 아침부터 항구 앞에 위치한 오름을 거니는 사람은 대부분 나이가 지긋한 도민들이었다. 맑은 공기를 몸속에 가득 저장이라도 할 것처럼 크게 숨을 들이마시며 성큼성큼 걷기 시작했다. 제주도에 온 게, 혼자 어딘가로 여행을 왔다는 게 문득 실감났다. 그러자 땅에 듬성듬성 난 풀잎과 노란 꽃 무더기마저 앙증맞고 사랑스럽게 보였다.

숲길을 지나고 제주항이 훤히 내려다보이는 능선을 따라 또 한참을 걸었다. 완만한 오르막을 거쳐 이제야 정상인가? 하며 올라선 곳에는 사라봉 코스가 그려진 커다란 안내도와 '거꾸리'를 비롯한 생활체육시설, 공중화장실, 노인 전용 배드민턴장, 그 앞에 놓인 벤치에서 담소를 나누는 어르신들까지…, 오름의 정상이라고 하기엔 뭔가 지나치게 넓은 지대가 펼쳐져 있고 한쪽으로 가파른 오르막길 하나가 새롭게 시작되고 있었다.

블로그에서 분명 짧은 코스라고 했는데. 뭔가 이상하다는 생각이 들었지만 이대로 '더' 올라갈지 내려갈지 결정해야 했다. 기왕 왔는데 그래도 정상은 밟아야 하지 않을까? 지리산 한라산도 아니고 지상에서 143m 솟은 작은 동산 하나일 뿐이지만 왠지 오르다 말고 내려가긴 억울했다. 정상까지는 가야 나중에 어디 가서 사라봉에 '올라보았다'고 할 게 아닌가. 그러나 요가 시간이 가까워지고 있었다. 하산까지 얼마나 시간이 걸릴지 몰라 나는 다음을 기약하고 주차장이 있을 것으로 추정되는 방향을 향해 걷기 시작했다.

그런데 몇 분 지나지 않아서 맨 처음 들어섰던 입구 표지판을 다시 만났다. 올라간 시간에 비해 내려온 시간이 너무 짧은 게, 어딘가 이상했다. 나는 곰곰이 아까 본 사라봉의 지도를 그려 보기 시작했다. 천천히 짚어 보니 내가 걸었던 길은 등산로가 아니라 사라봉의 능선을 따라 조성된 산책로였다. 정상에 가려면 애초에 산책로 입구 건너편에 위치한 완만한 경사로를 택하든, 좀 전에 지나온 가파른 경사로 중 하나를 택해 올라야 했다. 그러니까 나는 등산을 한게 아니라 사라봉의 둘레를 따라 산책을 하고 있었던 거다.

도대체 산을 얼마나 안 타봤으면 산책로와 등산로도 구분을 못 하는지. 오름의 중턱 정도는 오른 줄 알고 이대로 내려가기 아깝다며 한참을 고민했던 나 자신에게 헛웃음이 났다. 아쉽지만 남겨둔 정상이 있으니 언젠가 다시 사라봉에 오겠다고 다짐하며 요가원으로 향했다.

문을 열고 들어가자 부리부리한 이목구비에 누덕도사처럼 긴 수염을 가진 선생님이 보였다. 자자한 명성과 달리 불필요한 위엄은 느껴지지 않았다. 선생님은 '샨티샨티'하며 반갑게 맞아주셨다. 샨티의 뜻은 '평화'라고 한다. 처음엔 선생님의 '샨티샨티'의 끝음절이 마침표로 끝났다고 생각했는데 후에 돌아보니 약간 톤이 올라간 물음표였다. '샨티샨티.'가 아닌 '샨티샨티?'. '당신은 지금 평안하십니까?'라는 물음이었던 것이다. 나는 우물대며 고개만 까딱했던 것 같다. 평안하시라는 덕담이었든 평안하시냐는 물음이었든 간에 난 어느 쪽에도 시원하고 분명하게 대답할 수 없었으리라.

한쪽에 자리를 잡고 고양이 두 마리, 찻잎과 찻잔으로 가득한 도장 내부를 구경하고 나니 시간이 됐다. 어느덧 도장은 삼십여 명의 수련생들로 빼곡히 찼다. 평일이라 이 정도지 주말에는 육지에서 온 수련생들로 더 붐빈다고 했다. 선생님은 몸풀기도 없이 시작부터 냅다 가슴이 천장을 보는 반 활자세인 알다 세투반다 아사나를 시키시더니, 그 상태로 허벅지를 모으는 안타라반다, 한 다리씩 천장을 향해 뻗는 에카파다 세투반다 사르반가까지 무자비한 아사나의 이름을 쉴 새 없이 주문처럼 외셨다.

시범 없이 구령으로만 따라가야 하는 수업이었다. 요가를 1년씩이나 하고도 아직 아사나의 이름을 외지 못해서 나는 정수리를 뒤로 젖혀 바닥에 꽂아 넣은 상태로 눈치껏 옆 사람을 커닝해야 했다. 미리 책으로 아사나 이름이라도 공부할 걸 그랬다는 후회가 밀려들었다.

"와, 흐아, 억, 뜨하."

사정없이 이어지는 고난도 동작에 곳곳에서 신음이 터졌다. 양 손목에 결절종이 있어 손목을 꺾는 동작에 취약한 나에게 뒤로 이어진 모든 동작은 고난의 연속이었다. 손에 기대지 않고 골반을 밀어내며 들어올려야 하지만 허벅지는 이미 한계에 달해 있었다. 점점 바닥으로 가라앉는 엉덩이를 손가락으로 받치려니 작은 면적에 힘이 너무 많이 실려 도저히 버틸 수 없었다. 잘못 왔구나, 내가 내 무덤을 팠구나. 역시 나 같은 하수가 찾아올 곳이 아니었는데…. 나는 어느새 자세 만들기를 포기하고 드러누운 채로 요가원에 온 걸 후회했다. 초반부의 폭풍이 지나간 후에는 숨통이 트였지만, 이미 정신이 혼미해져서 어떻게 다른 동작을 이어갔는지 기억조차 나지 않았다.

수련이 얼마나 고됐는지, 마무리 자세인 사바아사나(송장 자세) 시간이 길게 주어지자 여기저기서 코 고는 소리가 들렸다. 수련의 강도와 사바아사나의 달콤함은 정비례하니 다들 그만큼 오늘 수련을 허투루 하지 않았다는 증거였다.

요가는 일부러 내 몸이 불편하게 느끼는 자세를 만들고 그 불편함을 꽤 오랜 시간 견디는 일의 연속이다. 불편하다는 건 그만큼 익숙하지 않다는, 그런 방향으로 몸을 써 보지 않았다는 의미다. 한 자세에서 오래 머무는 일을 '부동'이라고 한다. 이때 바깥에서 본 몸은 부동 상태처럼 보이지만 그 자세를 유지하기 위해 몸의 내부는 끊임없이 유동하고 있다. 멈춰 있기 위해 움직여야 한다니 역설적이기도 하다. 수련이 힘든 날에는 꼬리뼈를 조이고 척추를 세우고 한껏 솟은 어깨를 내려야 한다는 걸 알면서도 그냥 힘 빼고 대충 버티고 싶은 마음이 굴뚝같다. 그래도 언제나 이기는 쪽은 조이고 세우고 가라앉히는 힘이다. 내 몸 살리자고 하는 일이니 대충 버텨 봐야 나만 손해다.

어린 시절 신조협려 시리즈를 비롯한 중국 무협지를 좋아했다. 무협지의 세계에서 주인공이 좇는 것은 눈에 보이지는 않지만 그가 휘두르는 무기의 힘, 그가 내뿜는 장풍의 힘을 결정하는 '내공'이었다. 요가는 자기 안에 바로 그런 내공을 쌓는 일이었다. 고민해도 답이 나오지 않는 문제, 일어나지 않을 무모한 상상, 부지런히 몸을 굴리지 않는 나를 쓸모없는 인간으로 전락시키는 세상의 말 들에 굴복하지 않을 수 있는 내공을 쌓고 싶었다.

서면 앉고 싶고 앉으면 기대고 싶고 기대면 눕고 싶어지는 인간의 욕망에 맞추어 모든 것은 편안하게 바뀌어 가지만, 그럴수록 요가로 불편함을 자초해본다. 더 빠르게 움직이라는 말을 거부하고 한 자세로 진득이

버텨 본다. 그게 마치 세상을 향한 저항이라도 된다는 양 그래 본다.

수련이 끝나고 처음 만난 도반들과 함께 차와 식사를 나누고 헤어졌다. 제주시를 떠나 숙소가 있는 서쪽으로 차를 몰았다.

Day 2 기를 쓰지 말고 마음을 써라

첫 나흘을 지낸 곳은 애월읍의 고내리라는 마을이다. 숙소만 보고 온 곳인데 비교적 관광객이 많지 않아 조용하고 평화로웠다. 괜히 일찍 몸을 일으켜 운동복을 챙겨 입고 숙소를 나섰다. 내 머릿속에 있는 건 여행지에 와서도 습관처럼 아침부터 해안가나 공원에서 조깅을 하는 외국인들의 이미지였다. SNS에 스토리를 올려 여행지에서 아침 조깅을 하는 몸도 정신도 건강한 북스타그래머인 척했지만 사실 그건 3주 간의 여행에서 처음이자 마지막 조깅이었다.

지도를 보다가 가까운 곳에 책방을 발견했다. 이미 읽을 책을 충분히 챙겨왔기에 책방 구경은 하지 않으려 했는데, 책방지기가 유쾌하다는 영수증 리뷰를 보자 관심이 생겼다. 내가 아는 한 책방 하는 사람이 유쾌했던 적은 몇 없었기 때문이다.

책방은 2층짜리 가정집의 1층에 있었다. 만사 귀찮고 졸려 보이는 표정으로 출입구를 지키고 있는 고양이를 지나 문을 열고 들어갔다. 책방지기가 직접 필사한 책 속의 문장들이 내부 곳곳에 붙어 있고 다루는 책의 종류는 다양하지만 판매용 책은 많지 않았다. 박노해와 류시화를 사랑하고, 책의 견본마다 플래그를 붙이고 펜으로 줄과 메모를 남겨가며 자유롭게 책을 읽어내는 책방지기의 취향이 보였다.

독립출판을 시작하고 여러 책방과 거래를 텄다. 얼굴을 알고 지내는 사장님도 있지만 대부분 메일로 주고받은 몇 줄 글에서 느낀 인상이 서로에 대해 아는 전부인 경우도 있었다. 거래처가 아니더라도 괜찮은 책방이 있으면 팔로우를 해 두었다. 언젠가 멋진 책을 쓰게 되면 꼭 입고하려고.

그렇게 몇 년 동안 수많은 책방을 지켜보았다. 철저히 내 경험칙에 따른 얘기지만 책방 하는 사람들은 대체로 예민하다. 우리말로 '예민하다'고 쓰면 부정적인 뉘앙스가 있지만 'sensitive'라고 쓰면 비로소 느낌이 난다. 수많은 직업과 자영업의 종류 중에서도 책을 그냥 좋아하다 못해 팔아 보겠다고 결심할 정도의 사람이라면, 타고난 성격이 대차고 여리고와 무관하게 자기만의 소신과 철학이 단단하고 섬세한 경우가 많다는 게 나를 포함해 책방 좀 다녀 본 사람들의 중론이었다.

서울 강서구에서 '다시서점'을 운영하는 김경현 대표가 쓴 『작은 책방 사용 설명서』에는 책방을 운영하면서 경험한 갖가지 고충이 담겨 있다. 그 장사가 돈이 되냐는 걱정의 탈을 쓴 오지랖부터, 코딱지를 묻혀 놓고 가는 손님, 책 귀퉁이를 접어두는 손님, 내지를 찍어가는 손님, 책방 사진만 찍고 나가는 손님까지. 그러나 책방에서 얼굴 붉힐 일을 만들고 싶지 않아 끙끙 참는 일이 부지기수다.

책방은 유독 다른 업종에 비해 물건을 파는 가게가 아닌 일종의 관광지나 문화시설 정도로 여겨질 때가 많다. 식당이나 카페에 가서 음식을 안 먹고 앉아만 있다 나온다거나, 옷 가게에 들어가서 SNS 포스팅용으로 가게 인테리어만 찍고 나가는 일은 없는데 유독 책방에선 그런 일이 자주 일어난다. 이런 사정을 알기에 책방에 들어설 때면 마음이 부쩍 조심스러워진다.

북스타그램을 시작한 이후, 여행을 가면 수집하듯 그 지역의 책방에 들러 사진을 찍고 기록을 남겼다. 그런데 제주도라면 이미 나 같은 손님에 특히 진력이 났을 것만 같아서 책방에 들어서는 발걸음이 가볍지 않았다. 나는 입구에서부터 핸드폰 카메라를 들고 들어온 저 여자가 당신의 아군이라는 걸 책방지기에게 적극 어필하기로 했다. 가장 좋은 방법은 일

TOPPER
16%
DAIRY FEED

단 한 권을 재빠르게 골라 계산하면서, 책방 사진 조금 남겨도 될까요? 하고 묻는 거다.

나에게 있어 책방에서 책을 산다는 건 누군가가 애써 꾸며둔 공간을 소비하는 데에 대한 비용 지불이기도 하다. 어차피 책방에 가면 언젠가는 읽으려(사려) 했던 책이 한 권 이상은 있기 마련이고, 아무리 책이 없어도 민음사 세계문학전집이나 문학과지성사 시선집 한 권은 찾을 수 있다. 이럴 땐 어느 쪽이든 충동적으로 전집을 구매해두지 않은 게 다행이다 싶다.

책방지기의 추천이 달린 시집 한 권을 계산대 앞에 내밀었다. 책방지기는 밝고 높은 목소리로 내게 “이 책 참 좋아요. 여행객이시죠?”라고 물으시더니 블라인드북 코너에서 예쁘게 포장된 책을 가져와 바꿔 내밀었다. 책방지기가 문장을 필사한 책갈피가 곱게 달려 있었다.

아무리 그만 사려고 해도 책방에서 내가 모르던 작가, 장르, 작품을 알게 되면 책 사는 일로밖에 보답이 안 된다. 물론 그런 일이 없더라도 꼭 한 권씩 쥐고 나오게 되는 건 이 영세한 판에서 그들이 조금이라도 오래 버텨주길 바라는 마음 때문이다. 아무리 저 좋아서 하는 일이라고는 하지만 동네에 작은 책방 하나 있다는 데서 오는 즐거움과 낭만을 무시할 수 없지 않나. 그래서 책방은 그 자리에서 오래 버텨주기만 해도 고맙다.

“기를 쓰지 말고 마음을 써라”

책방지기가 필사해 둔 박노해 시인의 문장이 눈에 들어온다. 애쓰며 살았다고는 생각했는데 기 쓰며 살아왔다는 생각은 하지 못했다. 기 쓴다는 말엔 어떻게든 이겨 보려는, 앞서가려는 사람의 억척스러움과 악착스러움이 묻어 있다. 열심히 살면 다인 줄 알았는데, 기 쓰며 사는 사람과 마음 쓰며 사는 사람의 삶은 분명히 다를 것 같다.

잘 둘러보고 간다고 인사를 하자 책방지기는 문 앞까지 나와 나를 배웅했다. 그의 얼굴에는 '책방이라는 삶이 즐겁습니다.'라고 적어 둔 출입구 입간판의 메시지가 그대로 배어 있었다. 좋아하는 것에 둘러싸여 좋아하는 일을 하며 살아서 그저 좋은 걸까. 아니다. 기를 쓰며 버티지 않고 마음 쓰며 살아온 덕분일 거다.

●●

언제부터였더라. 사무실 동료들에게 왜 이렇게 한숨을 많이 쉬냐는 핀잔을 들은 게. 무의식적인 호흡만으로는 가슴이 답답해서 견딜 수가 없다는 느낌을 받기 시작한 게. 그럴 때면 갈비뼈가 높이 들릴 만큼 깊게 들이마셔 곳곳까지 숨을 채우고, 깊고 길게 내뱉어야만 비로소 숨을 쉬는 느낌이 났다. 한숨을 쉬려고 쉰 게 아니라 그저 큰 숨을 쉬어야 했을 뿐이다.

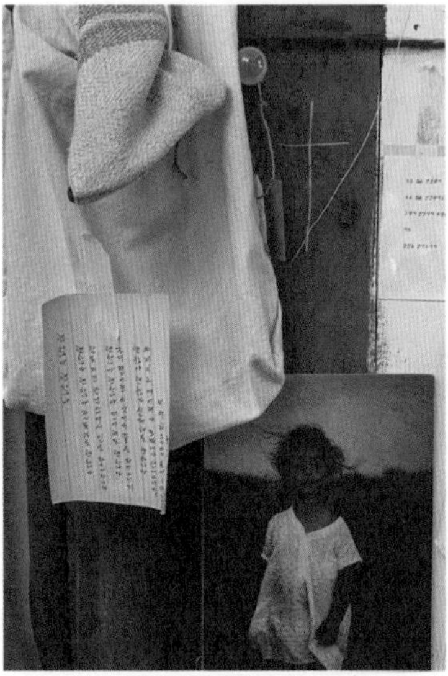

무의식이 하던 일을 의식적으로 해야 하게 되었을 때, 비로소 쉬어야겠다는 결심이 섰다. 인사 부서에 휴직계를 냈다. 너도나도 어디가 아프냐고 물어왔지만, 선뜻 대답할 수 없었다. 마음이 아프다는 말은 진부하고 정신이 아프다고 하자니 너무 심각해질 것 같았다. 어차피 다들 자기 살기에도 벅찬 세상이니 금방 잊힐 수 있으리라.

일본의 평론가이자 아동문학가, 수필가이기도 한 오사다 히로시. 책방에서 낯선 저자의 시집 『심호흡의 필요』를 집어들 수 있었던 건 그때 나에게 필요한 것이 심호흡이었기 때문이다.

"어디로 뭔가를 하러 갈 수는 있어도 걷는 것 자체를 즐기기 위해 걷는 것. 그게 쉽게 잘 안 된다. 세상에서 가장 어려운 건 가장 간단한 것."[1)]

'산책'이라는 꼭지 중 일부였다. 숨을 쉬고 밥을 먹는 일, 세상에서 가장 간단해 보였던 일이 실은 그렇지 않다는 걸 나는 이제 막 깨닫고 있었다. 숨도 그냥 쉬어지는 게 아니고, 밥도 그냥 먹어지는 게 아니라는 걸. 삶이 고통스러우면 숨을 쉬어도 쉰 것 같지 않고, 밥을 먹어도 소화할 수 없다는 걸.

이대론 안 되겠다 싶어 여행이라도 떠나자며 짐을 쌌다. 그러나 제주도로 향하는 배 위에서 제 버릇 개 못 주듯 책을 써 오고 말겠다고 다짐하는 게 나였다. 놀아 본 사람이 놀 줄 알고, 쉬어 본 사람이 쉴 줄 안다고 했나. 놀고 쉬는 일이 다 별거 아닌 일처럼 보여도 실은 요령과 습관이 필요한 일이라는 걸, 무엇보다 불안에 지지 않는 단단한 마음이 없으면 안 되는 일이라는 걸 몰랐다. 나는 그 단단한 마음을 가지지 못해서 늘 불안과 마주치지 않기 위해 자꾸만 나를 이리저리 내모는 사람이었다.

『심호흡의 필요』 1부에서 오사다 히로시는 말한다.

목적 없는 걷기의 즐거움을 잃어버렸을 때, 더 이상 키가 크지 않게 되었을 때, 마음이 아프다는 게 어떤 뜻인지 이해하게 됐을 때, '왜'라는 물음이 사라졌을 때, 우리는 어른이 된다고.

---

1. 오사다 히로시, 『심호흡의 필요』 박성민 옮김, (시와서, 2021), 77p.

목적 없이 걷기? 내가 제일 싫어하는 일.

키는 중학교 이후 158에서 멈춰버렸고.

마음은 오래전부터 자주자주 아프고.

온 세상이 의문투성이지만 나서서 해결할 마음은 없는.

이 정도면 어른이라고 할 수 있는 건가? 갖출 만큼 갖췄지만 왠지 이게 다는 아닐 것 같다. 오사다 히로시가 말한 어른의 공통 관문을 넘은 후에는, 우리를 어른으로 만드는 각자만의 관문이 하나 더 있어야 하는 게 아닐까.

밥 먹고 숨 쉬고 휴식하는 간단한 일조차 품이 필요하다는 걸 알게 됐던 순간, 매일이 그냥 사는 것처럼 보여도 실은 무엇하나 그냥 이루어진 게 없다는 걸 몸으로 알게 됐을 때, 그제야 나는 어른 비슷한 것에 가까워진 것 같았다.

하지만 고작 이렇게 구차하고 무기력하게 변해가는 게 어른이라면, 나는 어느 노랫말처럼 다시 작아지고만 싶다.

Day 3 내일의 해가 뜬다

아침 조깅길에 봐 둔 식당이 있었다. '어멍이 준비한 또뜻한 밥상'이라는 소개 현수막을 읽고 오늘 아침밥으로 점 찍어둔 한식집. 비싼 재료, 특별한 조리법이 아니어도 좋으니 그냥 정갈한 한식 한 상을 먹고 싶었다. 가게에 들어서니 정말 나이가 지긋한 할머니가 머리에 두건을 두르고 주방을 보고 계셨다. 딸로 추정되는 여성이 홀서빙을 전담하고 있었고, 요리는 전부 할머니의 손에서 만들어지는 듯했다. 주문한 오징어 덮밥과 함께 나온 찬들이 딱 혼자 먹을 양이라 남지 않아서 좋았다.

현지인스럽게 여행하는 게 유행이다. '여행은 살아보는 거야'라는 에어비앤비의 구호도 그렇고, 한 달 살기라는 흐름도 마찬가지. 예쁘게 갖춰 입고 관광지와 값비싼 관광객 맛집을 지령처럼 클리어하는 여행은 뭔가 호구스럽거나 촌스럽고, 후줄근한 차림으로 일정에 구애받지 않고 돌아다니다가 소위 숨은 현지인 맛집, 도민 맛집을 발굴해내는 여행이야말로 합리적이고 힙한 게 됐다. 여행만이 아니라 일상에서도 온 세상이 광고와 가짜 투성이라는 의심을 바탕에 두고 출발해 '근본'과 '리얼'을 찾아다닌다.

아침부터 조깅을 하고 느지막이 조용한 백반집에 와서 아점을 먹는 이 생활은 '진짜'인 걸까? 글쎄. 이곳 주민들은 지금 이 시간에도 나 같은 관광객에게 오징어덮밥을 만들어 준 저 할머니처럼 부지런히 현실의 생업에 종사하고 있겠지. 아무리 척을 해도 난 그저 돈 쓰러 온 여행객에 지나지 않는다.

●●

특별한 일 없는 하루였다. 오징어 덮밥을 먹고 찾아간 카페가 아주 훌륭했다는 것 외에는. 점심 먹고 카페 가고 저녁 먹고 카페 가고, 고작 이런 일정에도 이상하게 몸이 곤했다. 어느 숙소도 내 집이 아니고 음식을 먹었으면 나가야 하고, 어디로든 다음 갈 곳을 정해야 한다. 돈을 주고 잠시 몸을 의탁했다가 적당한 때가 되면 다시 거리로 나와야 하는 생활의 반복.

여행이란 얼마나 피곤한 일인가.

이른 저녁을 먹고 어젯밤에 갔던 고내포구 앞 재즈 카페에 갔다. 포구 근처에 마을 주민들이 여럿 앉아서 뭔가를 기다리고 있었다. 공연 장비가 설치되는 걸 보니 저녁에 행사라도 열릴 모양이었다. 카페는 재즈 뮤지션 마일스 데이비스를 모티브 삼은, 디저트와 인테리어와 음악 모두가 완벽한 공간이었는데 이상하리만치 사람이 없었다.

오래전 포항에서 대학에 다닐 때 좋은 카페를 혼자만 간직했다가 카페가 없어지고 나서야 후회한 적이 있다. 그 이후로 멋진 공간에 손님이 없는 걸 볼 때마다 "제발 사장님이 돈이 엄청 엄청 많아서 여긴 그냥 취미로 하는 곳이게 해주세요!"라고 기도를 올리곤 한다. 공간은 공간대로 있되 손님은 없었으면 좋겠다는 이기심이다.

MILES
Davis
MILES
DAVIS

커피 한 잔과 크림뷔렐레를 시켰다. 마일스 데이비스, 냇 킹 콜의 음악을 들으며 가져온 책을 읽기 시작했다. 한 시간쯤 지났을까. 포구에서 본격적으로 시작된 구수한 행사 소리가 카페 스피커의 재즈 사운드를 뚫고 들어왔다.

"그때 만난 그 사람~ 말이 없던 그 사람~
자하-꾸만 멀어~지는~데~"

부모님을 따라 노래방에 가면 어린 내가 가장 즐겨 불렀던 노래. 김수희의 '남행열차'였다. 날이 저물자 카페 조도가 낮아졌다. 책의 마지막 장을 덮고 밖으로 나왔다. 마침 마이크가 고내리 가수 윤미숙 씨에게 넘어가고 있었다. 미숙 씨는 설운도의 '갈매기 사랑'을 딱 한 박자씩 느리게 불렀다.

사회자는 미숙씨에게 구성진 제주 방언으로 다음 순서까지 3분이 남았다며 한 명을 더 추천해보라고 했다. 미숙씨는 그 말을 잘못 알아들었는지 한 곡 더 욕심이 났는지 몰라도 갑자기 '사모곡'을 부르겠다고 했다. 사회자가 "사모곡은 너무 슬픈데 '옥경이'는 어때요" 하니 미숙씨가 수락했다. 한 박자씩 느린 미숙씨를 위해 사회자가 메트로놈처럼 손뼉을 치며 "한 박자 빨리! 지금! 들어가야 해!"하고 신호를 주자 객석에서 웃음이 터졌다. 덕분에 조금씩 박자가 맞아 들어가기 시작했고, 어느덧 간주 중에 춤을 추는 여유까지 보여준 미숙 씨의 '옥경이'는 거의 정박에 끝났다.

한 젊은 무리가 무대로 나왔다. 그들은 제주도에서 나고 자란 사람들로 구성된 14년 차 밴드, '사우스카니발'이라며 자신들을 소개했다. 곧 고내포구에 라틴풍의 흥겨운 음악이 울려 퍼졌다. 조금 낯설 수 있는 장르에도 어른들은 박수를 치며 호응했고, 해안도로를 달리던 차와 관광객들도 조금씩 속도를 늦추고 구경하거나 현장에 합류하기 시작했다. 동네 주민 몇 사람은 춤을 추고, 엄마아빠를 따라 여행 온 네다섯 살배기 아이들이 음악에 맞춰 리듬을 타면서 분위기는 무르익었다.

인터넷으로 무대 왼쪽 스크린에 적힌 '제주 해녀 마을브랜드 공연육성 지원사업'을 찾아봤다. 제주문화예술재단에서는 사라져가는 해녀 문화를 지키기 위해 약 15년간 해녀 문화예술 지역특성화 사업을 발굴하고 지원해왔다. 올해는 각각 북촌리, 협재리, 고내리 해녀들과 '놀이패 한라산', '극단 이어도', '사우스카니발'이라는 세 공연팀이 어우러져 춤, 연극, 노래, 영상 등으로 해녀들의 삶과 문화를 담는 작업을 하고 있었다. 이 날 고내리 포구에 펼쳐진 건 고내리 해녀들과 사우스카니발이 10월 중에 선보일 본공연의 사전 공연이었다.

몇 곡의 노래가 끝나고 사우스 카니발의 메인 보컬이 입을 열었다.

"고내리 해녀 삼춘들이 그래요. 우리 해녀들, 그렇게 불쌍하지 않다고. 그 말을 듣고 생각했어요. 언제나 가족을 위해 희생하며 고된 물질을 하는 해녀의 이미지, 그게 우리의 필요로 만들어졌을 수도 있겠다고요. 저희 할머니도 해녀셨어요. 그래서 있는 그대로의 우리 할머니를 그려 보기로 했죠. 고내리 해녀 삼춘들이 평소엔 친할머니처럼 인정넘치는 분들인데, 이상하게 까파치기(화투) 할 때만큼은 정말 인정사정 없더라고요? 까파치기 하는 날만큼은 함께 피자나 치킨 같은 특식도 시켜 먹고, 모인 자리에서 우리 아들이 어쨌니 아방이 어쨌니 하며 서로의 우환도 나누는 걸 보면서 해녀들에게 이 까파치기라는 건 유일한 문화생활이자 소중한 커뮤니티라는 걸 느꼈어요."

공연 막간에는 사우스카니발과 고내리 해녀들이 준비중인 무비컬 '까파치기(부제 : 해녀들의 일탈)'의 티저 영상이 재생되었다. 영상 속 고내리 어촌계의 해녀들은 카메라를 당당히 응시하며 이렇게 말했다.

"바다는 우리의 욕심을 시험하지!"
"인생을 긴 거친 싸움이 필요하지!"
"고통을 이겨낼 힘이 필요하지!"

대자연을 상대로 생계를 유지해온 그녀들의 삶은, 청새치를 잡아 올린 늙은 어부의 그것만큼이나 매일 욕심을 시험당하는 거친 싸움과 고통의 연속이었다. 세차게 출렁이는 파도 앞에 두 발을 딛고 선, 이제 막 물질을 끝내고 낙지를 잡아 올린, 맨손으로 가시투성이 성게를 턱턱 손질하는 그녀들의 얼굴은 불쌍하다기 보다는 차라리 용맹스러웠다.

윤석열 정부가 2023년 예산에서 해녀문화 지원사업을 포함한 국가중요어업유산 관련 사업비 17억 원을 전액 삭감했다는 기사를 접했다. 모든 지원 사업을 국비로 하는 건 아니지만 정부가 국비 지원을 끊는 분야에서시, 도비만으로 사업이 지속되기 어렵다는 건 두말하면 잔소리다. 오늘 고내 포구를 채운 노래와 박수 소리가 그치는 해가 올지도 모르겠다는 생각에 아찔했다.

가야 할 행선지도, 가자고 잡아끄는 사람도 없어 앵콜곡 '사노라면'이 끝날 때까지 나는 거기 앉아 있었다.

새파랗게 젊다는 게 한 밑천인데,
째째하게 굴지 말고 가슴을 쫙 펴라.
내일은 해가 뜬다. 내일은 해가 뜬다.

노래를 들으며 가슴을 펴고 노래 가사를 주문처럼 읊조렸다.

내일은 해가 뜬다. 내일의 해가 뜬다.

Day 4 고내리의 밤

고내리에서 보내는 마지막 날. 점심으로는 보말과 고사리가 들어간 파스타를 먹었고 저녁으로는 전복 내장 김밥을 먹었다. 나름 제주스러운 음식들을 골랐다고 생각했지만 막상 먹고 나니 지나치게 비싸거나 별맛 없는 음식들이었다. 내 한 시간 시급이 훌쩍 넘는 끼니를 먹고 나올 때마다 돈의 값이 얼마나 형편없어졌는지 생각했다.

오래전 첫 책에도 썼지만 때마다 밥을 먹어야 하는 몸을 갖고 산다는 건 피곤한 일이다. 점심에 훌륭한 요리를 먹었다고 저녁을 건너뛸 수 없고 미리 먹어 저장해두고 나중에 배고플 때 쓸 수도 없다. 먹어야 할 것은 그때 먹어야 한다. 어차피 소화되고 배설될 걸, 대단한 음식 찾아 먹겠다는 마음도 아니었는데 적당한 값에 적당히 한 끼 먹을 수 있는 곳 찾기가 쉽지 않았다. 늘 '적당히'가 어렵다.

바다를 향해 시원하게 창이 난 카페에 들어갔지만 의자에 등받이가 없어 금새 불편해졌다. 저녁 어스름. 아직 사위는 밝지만 수평선 위로 분홍빛 선이 감돌기 시작하는 것을 보고 카페 밖으로 나왔다. 무늬가 비슷한 고양이 네 마리가 카페 마당에서 밥을 먹고 있었다. 해가 수평선 가까이 내려가고 하늘이 어둑해질수록 빛은 점차 분홍에서 주황으로 색을 바꾸어가며 짙게 변해갔다.

문득 숙소에 있던 옥상이 생각나 발걸음을 옮겼다. 옥상에 오르자 애월리와 고내리 일대의 바닷마을이 한눈에 들어왔다. 어느새 해는 넘어갔지만 멀리 지평선에는 큰 산불이라도 난 것처럼 벌건 기운이 서려 있었다. 그 풍경은 매분 매초 다르게 변하고 있어서 한참을 바라보아도 조금도 질리지가 않았다. 방금 카메라에 담았는데 카메라를 치우고 나면 더 아름다워져 있고, 아름다워서 다시 담고 나면 또 다른 색으로 변해있는 식이었다. 좋은 작품은 보는 눈과 듣는 귀가 없어도 본능으로 그 좋음을 느낄 수 있고 아름다운 풍경은 평생을 겪어도 무뎌지지 않을 수 있다는 것. 인간이 그런 감각을 가진 존재라는 게 감사했다.

제주도에 와서 가장 먼저 펼친 것은 며칠 후에 있을 독서 모임 책, 존 크라카우어의 『희박한 공기 속으로』였다. 미국의 아웃도어 잡지사 '아웃사이드'의 기자였던 존 크라우어는, 1996년 세계적인 등반가이자 등반사업가인 로브 홀의 에베레스트 등정에 고객으로 참여한다. 당초 회사가 요구한 취재 목적은 에베레스트 등정의 상업화를 비판하는 기사를 쓰는 것이었지만, 등산 애호가였던 저자는 베이스캠프에만 머무르지 않고 직접 산에 오르는 조건으로 취재를 수락한다.

하지만 로브 홀을 포함해 스콧 피셔 등 최고 수준의 등반 전문가와 가이드들이 참여한 그해의 등정에서, 18명 중 12명이 목숨을 잃는다. 그 중에는 에베레스트의 정상을 밟는 데에 성공하고도 끝내 하산하지 못한 이들도 있었다. 정상을 밟은 5명 중 유일한 생존자였던 존 크라카우어는 죄책감을 느끼면서 다른 생존 동료들과의 인터뷰를 바탕으로 당시의 충격적인 상황을 기록하는 작업에 착수 한다.

이 책을 읽기 전까지 등산을 비롯해 각종 익스트림 스포츠를 즐기는 이들에 대한 나의 인식은 비루했다. 아끼며 살아도 건사하기 어려운 목숨인데 못 죽어서 안달이라고. 그 비싼 등반 비용을 지불하면서까지 고생을 사서 한다고.

그러나 해수면의 1/3에 불과한 희박한 공기와 그로 인한 고산병, 살인적인 강추위와 눈발로 눈앞이 보이지 않는 악천후를 뚫고 끝내 지구에서 가장 높은 곳 해발 8,848미터 고지에 도착했을 때, "거기서부터는 더 이상 올라갈 데가 없었다."는 존 크라카우어의 서술을 읽자 온몸에 전율이 느껴졌다.

'정상에 오르다'라는 표현은 한 분야의 최고가 되는 것을 가리키는 숙어이기도 하다. 지상에서는 판매량, 순위, 수상 여부 같은 통계적인 요소들로 누군가가 정상에 올랐는지를 판단하지만, 그날 에베레스트의 정상에 오른 이들은 물리적으로나 비유적으로나 더 오를 곳이 없었던 것이다. 사는 동안 분야를 막론하고 더이상 오를 곳이 없는 단계까지 뭔가를 성취해볼 수 있을까. 자신이 없었다.

책에서 나를 사로잡은 인물은 스웨덴 청년 괴란 크로프다. 그는 사우스 서밋(8,749m)에서 자신의 한계를 느끼고 하산을 결심한다. 젊고 혈기 왕성한 나이, 100m만 더 오르면 에베레스트 등정에 성공한 등반가라는 세계적인 명성을 얻을 수 있음에도 불구하고 그는 멈추기를 택한 것이다. 언제 다시 에베레스트에 올 수 있을지, 그때 다시 사우스 서밋까지 올라올 수 있을지 예상할 수 없지만 이대로 정상에 오르더라도 하산의 벽에 부딪히리라는 걸 괴란 크로프는 알고 있었기 때문이다.

눈앞에 정상을 남겨둔 채로 자기 한계를 인정하고 내려오기를 택한 사람. 첫날 작은 봉우리 하나가 내게 남긴 아쉬움을 생각할 때마다 그 청년의 용기와 절제가 떠오른다. 정상의 위치에 오르는 일보다 중요한 건 내려와야 하는 때를 아는 것. 시작하는 것보다 중요한 건 그만둬야 할 때를 아는 것.

●●

제주의 고요한 저녁을 견디기 위해 숙소에서 도보 5분 거리에 있는 바이닐펍에 가보기로 했다. 다들 같은 마음이었는지 한낮의 거리에서 드문드문 흩어져 있어 잘 눈에 띄지 않던 관광객들이 한곳에 모여 있었다. 대부분 나와 비슷하거나 조금 어린 듯했다. 바 테이블에는 나처럼 혼자 온 여행객들도 있었다. 예전 같으면 혼자인 사람들끼리 어울려 말을 트고, 정작 가까운 사람에게는 말하지 못했던 속내를 터놓는 낭만적인 여행의 장면을 상상했겠지만 이제는 아니다. 그런 말들이 다 오가고 난 뒤에 남는 묘한 허탈함이 싫다.

바 테이블 끄트머리, 신청곡을 접수해 틀고 있는 사장님과 마주 보고 앉았다. 메뉴판과 함께 신청곡을 적을 수 있는 종이가 왔다. 롱티 한 잔과 에릭 클랩튼이 부른 'Autumn leaves'를 신청곡으로 주문했다. 가을이 오면 윤건의 '갈색머리'와 함께 잊지 않고 듣는 노래다. 펍의 한쪽 벽면은 사장님이 20년 이상 수집한 1만 장 이상의 바이닐로 장식되어 있었다. 사장님은 손님들의 음악 주문서가 도착하는 즉시 그 많은 바이닐 사이에서 신청곡을 쏙쏙 골라냈다. 나름의 분류법이 있겠지만 고작 몇백 권의 책을 가지고도 어떤 책이 이 칸에 있는지 저 칸에 있는지를 헤매는 나에게 사장님의 속도는 경이로울 정도였다.

바 고유의 분위기를 위해 2000년 이후 발매된 국내 가요와 클래식, 트로트, 클럽 뮤직 등을 제외한 곡만 신청받는다는 전제가 있다고 해도 이 다종다양한 곡들이 모두 바이닐로 있다는 게 보면서도 믿기지 않았다. 2000년 이후 발매된 해외 가요만 해도 대체 몇 곡이란 말인가! 에이, 설마 하니 그 곡들이 다 있겠어. 없는 건 스트리밍 앱이나 유튜브로 틀어주겠지. 나는 펼친 책 너머로 눈을 굴리며 사장님의 동태를 유심히 살폈지만 그는 여전히 주문서가 들어오는 족족 바퀴의자를 타고 벽장 앞을 오가며 바이닐을 찾아내고 있었다.

스포티파이나 멜론 같은 스트리밍 앱에서 간단한 검색만으로 세상에 존재하는 대부분의 음악을 들을 수 있는 시대에 왜 이런 수고를 마다하지 않는 걸까. 길어야 5분에 불과한 한 곡의 노래를 듣기 위해 바이닐을 찾고, 꺼내고, 턴테이블에 올렸다가, 다시 자리에 꽂아두는 수고를 감내한다고 이미 녹음된 음악이 더 좋아지는 것도 아닐 텐데.

아날로그에 대한 향수라기에도 좀 이상하다. 바에서 신청곡을 보내고 있는 손님들은 바이닐은 커녕 카세트테이프나 CD조차 듣지 않고 자란 세대가 대부분이었다. 끽해야 영어 수업 시간에 외계인 지토를 비롯한 캐릭터들이 나와 "웨얼 아 유 프롬 웨얼 웨얼 아유 프롬~" 하고 국적을 물어대던 그 챈트 정도가 CD로 들은 음악에 대한 마지막 기억일 것이다. 그 이후는 줄곧 소리바다와 MP3의 시대였다.

그러니 바이닐이라는 건 우리에게 오히려 너무 옛것이라 새롭고 신비로운 물건이었으리라. 호기심일 수도, 허세일 수도, 그저 SNS에 올릴 인증샷 한 컷 때문일 수도 있지만 누가 뭐래도 우리는 지금 이 공간을 메우는 음악이 아주 올드하고 수고로운 방식으로 재생되고 있다는 데에서 낭만을 느꼈다. 내가 고른 노래를 당신이 듣고 있고 당신이 고른 노래를 곧 내가 듣게 되리라는 기대감과 낯선 이들과 사적인 취향을 공유하고 있다는 묘한 긴장감이 술과 음악과 함께 그날 저녁 바닷가에 흐르고 있었다.

놀라움의 크기를 고스란히 타인에게 전하는 일에는 늘 실패한다. 설명이 부족한 건지, 내가 별것도 아닌 일에 기꺼이 놀라는 사람인 건지는 몰라도 이런 날이라면 두 권을 다 챙기는 수밖에 없다. 운명을 믿지 않지만 어떤 책은 운명처럼 하릴없이 내게 온다.

{ Chapter 3 }

한경면

Day 5 판포리의 밤

고내리를 떠나 한경면의 판포리로 가는 날. 협재에 들러 밥을 먹고 커피를 마셨다. 해수욕장 영업이 끝난 협재바다의 모래사장 위에는 방수포가 넓게 깔려 있었다. 바람이 불어도 모래가 날리지 않고 걸어도 발이 빠지지 않았다. 10월 초지만 아직 날씨는 후텁지근하고, 해변은 반바지와 반 소매 차림의 사람들, 긴 바지를 걷어 올리고 물에 발을 담근 채 사진을 찍는 사람들로 붐볐다.

판포에서는 구옥을 리모델링한 집에서 호스트와 함께 나흘간 머물기로 했다. 스노클링 하기 좋은 바다로 유명한 판포포구를 빼면 여행으로 자주 찾는 동네는 아니지만 그러면 그런대로 조용해서 좋을 듯했다. 숙소는 대로변에서 마을 안쪽으로 조금 깊이 들어가야 했다. 도착하니 에어비앤비에서 봤던 넓은 마당과 푸른 지붕의 집 한 채가 보였다.

외출 중인 호스트에게 비밀번호를 받아 집에 들어서자마자 눈이 부리부리한 강아지 한 마리가 툭 튀어나와 앙앙댔다. 예상치 못한 존재의 등장에 조금 놀랐지만 순하고 사람을 잘 따르는 녀석인 걸 금방 알 수 있었다. 강아지는 게스트 룸에 짐을 푸는 동안에도 연신 꼬리를 팔랑거렸다. 침대에 앉았더니 옆으로 와 몸을 누이길래 한참 등을 쓰다듬다가 손을 뗐다. 그러자 몸을 살짝 일으켜 나를 빼꼼히 쳐다보더니 발로 내 손을 톡톡 쳤다. 계속 쓰다듬으라는 뜻이었다. 나는 희고 검은 강아지의 등을 몇 번이고 쓰다듬었다.

짐을 풀자마자 독서 모임을 할 시간이 됐다. 2년 전, 한 달에 책 한 권을 읽고 줌으로 만나는 독서 모임을 시작했다. 한 북스타그래머의 제안으로 시작된 모임인데 하다 보니 시간이 벌써 이렇게 흘렀다. 한 달에 여서일곱 권도 읽는데 한 권쯤이야, 하는 가뿐한 마음으로 시작한 독서모임은 어느새 나를 포함한 멤버들의 숙원사업 해결, 벽돌책 처치를 위한 유용한 수단으로 변모했다. 하지만 회원들 대부분 그런 변모가 썩 나쁘지 않다는 눈치다. 혼자서는 할 수 없지만 함께라서 할 수 있는 일이 세상에는 분명히 있으니까. 문을 닫고 노트북을 열었다. 강아지가 벅벅 문을 긁는 소리가 들리더니 곧 잠잠해졌다.

독서모임을 마칠 때가 되어 외출한 호스트가 돌아왔다. 큰 키에 늘씬한 다리, 가무잡잡한 피부에는 건강미가 흘렀고 자유분방한 분위기가 물씬 풍겼다. 누가 봐도 유학 한 번쯤 다녀왔을 것 같고, 누가 봐도 영어에 유창할 것 같은 인상이라면 설명이 될까. 선입견이라는 건 알지만 결과가 거의 틀리지 않았던 걸 보면 그냥 사람 보는 눈이 좋은 거라고 말해도 괜찮을 것 같다.

탱이. 부리부리한 눈을 가진 강아지의 이름이었다. 잠시 임시 보호를 한다는 게 이제 그냥 가족이 되었다고 호스트는 말했다. 탱이는 내가 지내는 동안 호스트의 부모님이 살고 계시는 제주시의 본가에 보내질 예정이라고 했다. 같이 지내도 괜찮다고 말하고 싶었지만 동물에 박한 사람이라는 인상을 주고 싶지 않아서였지 진심은 아니었다. 탱이가 있으면 쓰려던 글은 못 쓰고 마음만 쓰게 될 것 같아서였다.

호스트가 탱이와 나간 후 저녁 먹을 식당을 찾아 마실을 나섰다. 가을 초입에 들어선 판포리의 저녁에는 여행자도, 문을 연 식당도 찾아보기 어려웠다. 푸르스름한 하늘빛에 의지해 마을 초입까지 걸어 나갔다. 대로를 넘어 판포포구 앞으로 가니 그제야 문을 연 편의점이나 음식점이 몇 군데 보였다. 몇 없는 선택지 중에 햄버거 집에 들어가 치즈 버거를 주문하고 포구가 보이는 테라스에 앉았다. 별 기대가 없어서였는지 풍경이 좋아서였는지 둘 다였는지 몰라도 음식이 입에 잘 맞아 사진을 남겼다. 늘 덜렁대는 딸이 별 탈 없이 여행하고 있는지 궁금할 엄마에게 사진과 메시지를 보냈다.

“잘 먹고 잘 지냄.”

좋아 보이네, 같은 말이나 과장된 이모티콘을 기대했지만 엄마의 답장은 이랬다.

“햄버거 같은 거 먹지 마라.”

아차, 스타벅스에서 샌드위치 먹겠다는 말에 인스턴트 좀 줄이라고 잔소리하던 엄마라는 걸 잊고 있었구나. 탄수화물(빵), 단백질(패티), 지방(치즈)로 완성된 햄버거만큼 탄단지가 조화로운 음식이 또 어디 있다고? 이제는 건강해 보이는 메뉴를 먹을 때만 사진을 보내자고 다짐했다. 자식

들은 다 이런 식이다. 하지 말라면 안 보이는 데서 하고, 먹지 말라면 안 보이는 데서 먹는.

햄버거를 먹고 나니 하늘이 훨씬 어둑해졌다. 힘차게 그러나 티 나지 않게 걸음을 재촉해서 숙소로 돌아왔다. 일곱 시도 안 됐는데 마을은 이미 고요했다. 호스트와 탱이가 없는 집에 혼자라는 게 문득 무서워졌다. 활짝 열어 둔 대문이 걱정돼 대문을 닫을 생각도 해봤지만 담장이 너무 낮아 무의미했다. 그렇다고 이 저녁에 혼자 담장을 쌓아 올릴 수도 없는 걸! 아무런 일 없을 줄 알면서도 무슨 일이 생기면 어떻게 할지 머릿 속으로 시뮬레이션을 수십 번 마쳤다. 운에 맡기는 수밖에 없었다.

얼떨결에 하루가 일찍 저물었다. 노트북을 열어 뭐라도 적어보려 했지만 너무 단조로운 하루였다. 초등학생 방학 일기장도 아니고 아침에는 뭘 했고 점심에는 뭘 했다는 얘기를 늘어놓고 싶지는 않았는데.

어느 선배는 내가 사는 게 괴롭다고 털어놓을 때면 이렇게 말했다. 사람이 하고 싶은 것만 하고 살 수 있냐고. 하고 싶은 일은커녕 머릿속에 있는 생각조차 글자로 온전히 옮겨내지 못하는 게 인간이지. 그게 되면 삶이 괴롭지도 재밌지도 않았겠지. 오늘은 쓰는 일도 체념하기로 했다.

Day 6 여행의 빙점

"커피 드실래요?"

이튿날 아침, 호스트가 건넨 인사로 우리는 말문을 열었다. 그녀는 내가 제주에서 지내는 동안 육성으로 5분 이상 대화를 나눠 본 몇 안 되는 사람 중 하나였다. 무화과와 요거트, 커피를 두고 마주 앉자 비슷한 나이대에 활기 넘치는 호스트와는 금방 가까워졌다. 패션회사에 다니다가 가족과 함께 제주로 이주한 그녀는 영어를 잘할 거라는 내 예상대로 아이들에게 영어를 가르치는 선생님이었다. 가끔은 공방에서 작업을 하고, 취미로는 프리다이빙을 즐긴다는 그녀의 생활은 이주를 꿈꾸는 모든 사람의 이상향처럼 보였다.

하지만 섣불리 동경하지는 않기로 했다. 제주에 오기 전에 했던 다짐 때문이다. 거기서 어떤 사람을 만나더라도 그들의 삶을 이상화하지 말자는, 겪어보지 않은 삶을 지레짐작하지 말자는 다짐. 어떤 삶도 좋기만 할 수는 없다. 우리는 서로의 삶을 깊이 알지 못한 채로 끊임없이 서로를 부러워한다. 맞바꾸자면 선뜻 그러지도 못할 거면서.

아침내 이어진 수다가 끝나고 판포포구로 나왔다. 물놀이 시즌은 끝났지만, 아직 낮에는 햇살이 강해 바다에 몸을 담글 수 있을 것 같았다. 구명조끼나 튜브를 빌려준다는 동네 청년회의 천막은 오래전에 철수했고, 포구 앞 펍에서 구명조끼를 비롯한 스노클링 장비를 대여해주고 있었다. 구명조끼만 하나 빌려 근처에 대충 짐을 부려 놓고 바다로 들어갔다. 나처럼 여름의 끝자락을 부여잡고 싶었던 몇몇 사람들이 이미 물속에 있었다. 에메랄드빛의 바닷물이 군청색으로 변하는 지점을 넘어서면 밑도 끝도 없이 깊은 수심이 펼쳐질 것만 같아서 나는 먼 바다로 나가게 되지 않도록 자주 내 위치를 확인하고, 발이 땅에 닿는지 뻗어보았다. 대자연 속에서 혼자가 되는 것만큼 두려운 일도 없으니까. 신경쓸 게 많아서 그랬는지, 물놀이는 한 시간도 안 되어 지루해졌다. 혼자인 게 조금 외로워졌다.

●●

숙소로 돌아와 몸을 씻고 다시 나갈 채비를 했다. 한경면 깊숙이 조수리에 위치한 북카페에 가기 위해서다. 카페의 문을 열자마자 왼편에 흰색 고양이 인형 하나가 방석 위에 놓여 있었다. 인형이라기엔 너무 진짜 고양이처럼 생겨 한참을 들여다본 결과 그 물체(?)는 인형처럼 생긴 진짜 고양이였다. 살면서 그렇게 예쁜 고양이는 처음 봤다. 대단한 미묘(美猫)였다.

목수였던 책방 주인이 작정하고 직접 지었다는 북카페는 벽면마다 주인이 모은 방대한 양의 책들이 도서관처럼 빼곡하게 꽂혀 있고, 자리마다 창이 나 있어 책을 보다 고개를 돌리면 너른 들판과 하늘이 보이는 아름다운 공간이었다. 커피 한 잔을 시키고 친절한 주인의 안내를 받아 다락방처럼 생긴 2층으로 올라갔다. 한 사람씩 앉을 수 있는 좌식 소파와 개인용 테이블이 놓여 있어 책 읽기에 안성맞춤이었다. 요 며칠 비좁고 불편한 카페를 전전하다가 이렇게 대놓고 편히 책을 볼 수 있도록 꾸며진 공간을 만나니 눈물겹도록 아늑했다.

글을 쓰겠다고 떠나온 만큼 수많은 카페를 검색하고 방문했지만, 제주도에서 의자가 편하고 테이블이 높은 카페를 찾는 건 하늘의 별 따기였다. 등받이 없는 의자. 무릎 높이에 불과한 낮은 테이블. 콘센트는 사치. 노트북으로 글을 쓰는 건 고사하고 책 한 권 펼칠 수 없었다. 이런 인테리어가 유행하다 보면 언젠가는 바닥에서 커피를 마시는 날이 올지도 모른다는 밈(meme)이 생각났다. 회전율을 높이려는 의도인지 정말 그게 예쁘다고 믿기 때문인지는 모르지만 최소한의 편안함도 주지 않으려는 카페가 제주도에는 너무 많았다.

그러거나 말거나 아쉬운 건 내 쪽이었다. 굳이 제주도까지 와서 책과 노트북과 키보드를 챙겨 다니면서 글을 쓰겠다고 할 게 뭔가. 미리 좋은 장소 몇 군데를 봐 놓았지만 대부분이 제주 시내였다. 요즘 이런 걸 '워케이션 (workcation)'이라고 한다는데. 일에 여행을 곁들이는 건 나쁘지 않지만 여행에 일을 얹는 것은 미련한 짓인 걸로 판명 났다. 나는 둘 중 어느 것도 제대로 할 수 없었다.

●●

자리를 잡고 후지와라 신야의 『동양방랑』을 펼쳤다. 얼마 전 선물로 받고서 책장에 꽂아 두었는데, 여행을 준비하면서 마침 때에 맞는 책이라는 생각에 짐가방에 넣었다. 이 책을 선물한 책친구는 내가 조만간 여행을 가리라는 것도, 그 여행의 기록을 책으로 남기기로 했다는 것도 몰랐으리라.

『동양방랑』은 일본의 사진작가 후지와라 신야의 방랑 3부작 중 『인도방랑』과 『티베트방랑』을 잇는 여행기다. 터키의 이스탄불에서 이란, 파키스탄, 버마, 홍콩, 한국의 서울 등을 거쳐 도쿄의 고야산에 이르는 400여 일간의 여정이 사진과 함께 담겨 있다.

후지와라 신야는 이 여행에서 인간을 만나는 것을 과제로 삼았으며, 그것이 방랑의 힘을 잃고 얼어붙은 자신을 녹이는 빙점(氷點)이 되었다고 썼다. 그가 만난 인간 대부분은 세상의 밑바닥에 살고 있어서, 때로는 그가 전해준 인간의 적나라한 냄새가 읽는 나에게까지 종이를 넘어 끼쳐올 정도였다. 불쾌가 엄습할 때마다 엄존했고 여전히 세계 어딘가에 존재하는 현실을 외면하고 싶어 하는 나를 느꼈다.

2장 앙카라 여행기에는 산양의 머리를 통째로 삶아 골을 떠먹는 음식 '코윤 바쉬' 의 사진이 실려 있는데, 모양도 색도 도무지 음식으로 받아들이기 어려웠다. 그러나 그가 12장에서 1980년대의 한반도를 여행하며 동대문 시장에서 담아온 사진에는, 시뻘겋고 거무죽죽한 젓갈과 좌판에 아무렇지도 않게 올려진 돼지 머리가 있었다. 이방인의 시선으로 보니 앙카라의 그것과 다르지 않아 보였다. 결국 시선과 마음의 문제다.

왜 제주까지 떠나왔는지 매일 자신에게 물었다. 이 여행의 과제가 무엇이냐고. 그래야 그날 해야 할 일을 정할 수 있었기 때문이다. 글을 쓰기 위해 왔다고 생각한 날에는 글을 썼다. 아니다. 쉬러 왔다고 생각한 날에는 그냥 널브러져 지냈다. 돈을 쓰러 왔다고 생각한 날에는 이것저것 사 먹거나 형편보다 약간 넘치는 숙소를 골라 예약했다.

그러나 사실 이 여행의 진짜 목적은 한 번쯤 일상과 떨어진 곳에서 조용히, 오래 머물러보고 싶다는 바람을 실현하는 데 있었다. '하고 싶다'를 '해 봤더니'로 바꾸는 것. 해 봤더니 별것 없다는 걸, 그게 그렇게 대단한 구원도 아니라는 걸 온몸으로 깨닫고 오겠다는 것.

여행에 정답은 없다고 해도 이런 방랑기를 읽으면 우리가 하는 여행이라는 게 너무도 얄팍하기 짝이 없다는 생각을 지울 수 없다. 바로 여기가 아니면 맛볼 수 없는 음식, 할 수 없는 경험이라는 건 사라진 지 오랜데. 이제 우리가 간직하고 남겨두려는 것은 그 여행지만이 가진 고유한 습도나 냄새가 아니라, 그때 그곳에 있었던 '나'의 존재일 것이다.

Day 7 책과 운명

꼬박 일주일 차다. 신의 가호라고 생각될 만큼 여행 내내 파랗던 하늘은 간밤에 비바람이 지나가고 난 후 조금 흐려졌다. 판포 앞바다의 파도가 거셌다. 어제까지는 바다 수영을 했는데 오늘은 긴 바지에 카디건까지 걸쳐야 했다.

오늘 챙겨나갈 책의 후보는 두 권이었다. 애월에서 산 오사다 히로시의 『심호흡의 필요』와 집에서 챙겨 온 『체호프 단편선』. 한 권을 정하려고 휘리릭 훑어보는데 오사다 히로시의 책에서 체호프의 이름이 튀어 나왔다. '인생이란 과연 고뇌할 가치가 있는 것일까.' 물었다는 사람, 체호프.

여행에 가져가기 위해 책장 앞을 서성이다 골라온 8권의 책 중에 체호프의 책이 있었고, 우연히 애월의 책방에서 눈이 들어온 오사다 히로시의 시선집을 샀으며, 트렁크에 실린 책 중에서 체호프의 책을 꺼내 그 시선집과 함께 며칠 가방에 넣고 다녔는데, 오늘 무성의하게 훑어본 시선집에서 오사다 히로시가 그 많은 이름 중 체호프를 말하고 있다니!

나는 이런 우연을 만나면 이리저리 떠들고 싶어 안달이 나지만, 그 놀라움의 크기를 고스란히 타인에게 전하는 일에는 늘 실패한다. 설명이 부족한 건지, 내가 별것도 아닌 일에 기꺼이 놀라는 사람인 건지는 몰라도 이런 날이라면 두 권을 다 챙기는 수밖에 없다. 운명을 믿지 않지만 어떤 책은 운명처럼 하릴없이 내게 온다.

점심을 먹고 카페로 가는 길. 내비게이션을 보니 카페가 진행 방향의 반대편에 있어 유턴을 위해 멀리 돌아가야 했다. 그때 바다와 면한 반대편 도로 쪽에 청색 기와가 올려진 건물 세 채가 눈에 들어왔다. 언뜻 보면 박물관처럼 보였다. 지도 앱을 보니 비슷한 위치에 '해거름 전망대'가 있었다. 그럼 저게 다 전망대인가? 생각하면서 차를 돌려 차와 건물이 가까워졌을 때 보인 것은 '하수처리장'이라는 글자였다.

내가 일하는 지자체는 5년 후면 용량이 포화되는 쓰레기 매립장을 어디에 새로 지을 것인가를 두고 오래 골머리를 앓았는데, 부지 선정 과정이 지난했던 것은 물론이고 겨우 부지가 선정된 후에도 주민들의 농성이 끊이지 않았다. 매일 쓰레기는 쌓여가는데 어느 곳에서도 매립장을 원하지 않는 상황. 이런 갈등이 우리만의 것은 아닐 테니 분명 잘 해결된 사례가 있을 것 같았다.

덴마크의 수도 코펜하겐은 가장 높은 산이 150m에 불과해 거의 평지에 가깝고 연중 눈도 거의 오지 않는 도시다. 흔한 스키장 하나, 이렇다 할 산 하나 없던 도시에 어느 날 스키장과 산이 생겼다. '아마게르 바케Amager Bakke'라는 쓰레기 소각시설을 디자인하고 지으면서 인공적으로 가파른 경사를 조성하고 스키장과 등산로, 암벽시설로 만들어 시민에게 개방한 것이다. 쓰레기를 소각하는 열에너지로는 수만 가구에 전기와 난방까지 공급한다고 하니, 이런 걸 전화위복이라고 해야 할까.

건물이 필요해지면 오로지 하나의 기능만 생각하는 건축이 있고, 그 건물이 할 수 있는 그 이상의 일을 생각하는 건축이 있다. 시에서 간부회의의 담당자가 된 후 온갖 건축 현장을 따라 다니면서 느낀 건 행정상의 건축은 대부분 전자에 머물러 있다는 거다. 어디서 봐도 똑같은 디자인에 누가 봐도 관공서 이상 그 이하도 아닌 건축물을 볼 때마다 내심 아쉬웠다. 한 도시 안에 가장 많은 건물을 짓는 주체가 공공기관일 텐데, 하나를 지을 때도 도시 전체의 경관을 만든다는 생각으로 멋지게 지을 수는 없는 걸까. 불가능한 얘기라는 걸 알면서도 멀리서 보면 박물관으로 착각할 만큼 멋들어진 하수처리장이 조금 부러웠다.

●●

카페에서 나와 미리 보아 둔 독립서점으로 가는 길. 갑자기 오전에 식당 갈 때 보았던 도로 표지판에서 김대건 신부 기념관이 생각나 내비 목적지를 바꾸었다. 우리나라 최초로 사제 서품을 받았다는 김대건 신부의 상징성도 의미가 있지만, 최근 김훈의 『하얼빈』을 읽으면서 조선에서 대한제국에 이르는 기간 동안 천주교의 위상과 움직임들을 더 깊이 알고 싶어졌기 때문이다.

기념관 방명록에는 이름과 소속 교구를 적게 되어 있었다. 나는 개신교인이라 이름만 적고 2층 전시실로 올라갔다. 천주교인으로 보이는 관광객 몇 명이 전시를 보고 있었다. 상해에서 사제 서품을 받은 김대건 신부와 그 일행은 라파엘호를 타고 귀국하다, 풍랑에 표류한 지 20일 만에 용수리 앞 죽도(현 차귀도)에 정박하여 감사 미사를 올렸다고 한다. 그들이 밟은 첫 조선 땅으로서의 용수리가 갖는 의미를 새기고자 건립된 곳이 성 김대건 신부 제주 표착기념관이다.

김대건 신부와 함께 조선땅을 밟은 페레올 주교는 당시의 기쁨을 이렇게 전했다고 한다.

“바랑 신부님, 우리가 얼마나 기뻐했는가 생각해 보십시오. 우리 모두는 여행의 목적지에 닿았고, 고생도 끝났다고 믿었습니다.”

그러나 복음을 깨닫자마자 풍랑을 뚫고 고국으로 돌아온 김대건 신부와 일행을 맞이한 것은 조선 정부의 대대적인 천주교 박해였다. 효수형에 처해 지금의 나보다 훨씬 어린 스물다섯의 나이로 순교한 김대건 신부의 일생이 마음을 묵직하게 눌렀다. 기념관을 나오자 창문마다 라파엘호의 표류 장면이 스테인드글라스로 표현된 작은 성당이 옆에 있었다. 나는 성당에 들어가 아주 짧은 감사와 위로의 기도를 올렸다.

●●

추모관을 관람하고 나오니 해가 지고 있었다. 나는 용수항에 서서 차귀도 우편으로 지는 해를 바라보았다. 바람이 너무 거세게 불어 뒤꿈치에 한껏 힘을 주지 않으면 당장이라도 바다로 넘어질 것 같았다. 먹구름 사이로 부서져내린 햇살이 세차게 출렁이는 해수면을 내리쬈다. 멀리 수평선으로 흰빛의 띠가 보였다. 신비로운 빛이었다. 그리로는 갈 수 없다는 걸 알면서, 다가가면 사라진다는 걸 알면서도 이상하게 그 빛의 지점을 향해 가보고 싶다는 충동이 들었다. 문득 여행 직전에 읽은 소설 하나가 떠올랐다.

미야모토 테루의 단편집 『환상의 빛』은 모두 죽음에 관한 이야기다. 남편, 아들, 그리고 친구의 죽음. 노환이나 질병 같은 명백한 원인이 있는 경우에도 죽음이란 좀처럼 쉽게 받아들여지지 않는다. 왜 나에게, 왜 우리에게, 왜 우리 가족에게 같은 '왜'를 자꾸만 묻게 되는 사건. 하물며 아주 친밀한 이의 영문도 알 수 없는 갑작스러운 죽음이라는 사건은 어떠한가.

인간은 의미와 해석으로 사는 존재다. 유달리 느리게 진행하는 앞차를 답답히 여기다가도 그 앞에 사고가 있다는 걸 발견하면 단박에 상황을 이해하고 마음이 풀어졌고, 오랜만에 다시 찾은 해수욕장의 모래사장이 비닐로 덮인 걸 보고는 '모래 날리지 말라고 해 두었구나' 하며, 누가 물어본 적도 없는 질문에 혼자 대답하고 납득하곤 했다. 요컨대 우리는 이런 식으로 아주 사소한 경험에조차 끊임없이 '왜'를 던지고, 자기만의 답을 찾아가는 식으로 매일을 사는 것이다.

그러나 미야모토 테루의 소설에는 '왜'만 있을 뿐 그에 대한 대답이 없다. 소설 속 죽음의 당사자들이 유서도 없이 자살과 사고사로 생을 마감하기 때문이다. 남겨진 자들은 죽음의 이유를 물어 사건을 납득하려 해보지만 죽은 자들에게서는 답을 구할 수 없다. 대답이 없는 것도 대답이라던데. 생후 3개월 된 아이를 남겨둔 채 선로에서 자살한 남편을 이해하기 위해 애쓰던 유미코는 어느날 문득 깨닫는다.

"당신은 그냥 죽고 싶었을 뿐이었구나. 이유 같은 것은 전혀 없어, 당신은 그저 죽고 싶었을 뿐."[2]

---

2. 미야모토 테루, 『환상의 빛』, 송태욱 옮김, (바다출판사, 2014), 59p.

소설은 남겨진 '나'의 고통을 벗어버리기 위한 이해가 아니라, 산다는 것으로부터 지독히 놓여나고 싶었던 당신의 괴로움을 수긍하는 방식으로만 망자를 온전히 보내줄 수 있다고 말하고 있는 듯했다. 나는 죽고 싶지 않은 사람조차 탐하게 되는 환상의 빛, 그 빛을 용수항에서 눈으로 보고 난 후에야 이 소설을 납득할 수 있었다.

Day 8 명사 아파트

판포리 인근 저지리에는 제주도에서 조성한 예술인 마을이 있다. 제주도립현대미술관과 물방울 화가로 유명한 김창열 미술관, 박서보 화백을 비롯한 여러 예술가들의 작업실이 있는 곳이지만 생각보다 활성화가 되지 않아 도 내부에서도 고민이 많은 관광지다.

도립미술관으로 걸어가는 길에는 돌로 만든 크고 작은 인형 모양의 형상들이 있었는데, 미야자키 하야오 감독의 애니메이션 『모노노케 히메』에 나오는 나무 정령 코다마를 꼭 빼닮은 모습이었다. 미술관에서는 대학을 떠나 제주로 이주한 후 제주의 약동하는 기운들을 강렬한 색감으로 그

려낸 김보희 화백의 작품들이 전시되고 있었다. 전시관 한쪽에는 1980년에 그녀가 처음으로 개인 전시를 열며 보냈던 낡은 초대장이 전시되어 있었다. 1958년생인 그녀가 지금의 나와 꼭 같은 나이였을 무렵이다.

"한 그루 여린 나무가 가을하늘 속으로 두 팔을 뻗으려고 합니다. 아직 나이테도 패이지 않은 어린 것이라 모든 게 어렵고 무서움이 가득합니다."

초대장에는 자신의 이름을 내건 작품을 처음 세상에 내어놓던 그때의 두려움과 떨림이 한 편의 시 같은 문장으로 고스란히 담겨 있었다. 원로 작가에게도 이토록 서툰 시작의 순간이 있었다니. 위안이 됐다.

●●

한경면 고산리에는 이름이 없기도 하고 있기도 한 서점이 있다. 이름하여 무명서점. 이름 없다는 뜻의 무명(무명)이 이 책방의 이름이다. 오래된 제과점 2층에 간판도 없는 곳이라 코앞에 두고도 건물 앞에서 한참을 두리번거려야 했다. 이름 없는 책들이 여행자에게 발견되어 그와 함께 여행을 떠나길 바란다는 소개 글. 나는 어떤 이름 없는 책을 책장에서 꺼내어 세상 밖으로 유영시킬지, 어느 때보다 진지한 마음으로 물색했다.

그러나 이름 없는 책을 꺼내 주겠다는 마음과 달리 내 손에 들려 나온 것은 존 버거의 『제7의 인간』과 황정은의 『백의 그림자』였다. 존 버거의 책은 며칠 전 독서 모임을 마치고 내달의 책으로 추천했다가 탈락의 고배를 마셨는데, 기다리고 있었다는 듯 책방 입구에서부터 나를 반기고 있어 데려 나오지 않을 수 없었다.

책을 사고 숙소로 돌아가는 길. 커다란 간판 하나를 보았다. 한쪽에 고급 빌라의 조감도가 그려진 그 간판에는 "판검사와 예술가, 문학가가 모여 사는 '명사' 아파트를 만든다"고 쓰여 있었다. 더하지도 빼지도 않은 그대로의 표현이 그랬다. 나는 너무나 거리낄 것 없는 배제의 언어에 눈을 의심하면서 차를 멈춰 세우고 더 자세히 읽어봤다. 제주로 이주한 사람들에게 육지 손님의 잦은 방문, 바닷가 특유의 습기, 외진 단독주택의 단점을 해소한 아파트를 짓는다는 내용이었다.

일단 판검사와 문학가를 같은 선상에 놓아준 것이 문학의 추종자로서 감사하기야 한데.., 섬 생활의 고충만 해결해도 충분한 것을 그게 꼭 명사끼리 모여 사는 아파트여야만 하는 이유가 무엇인지 알 수 없었다. 간판 뒤쪽으로 조감도와 얼추 비슷한 모습의 고급 빌라가 보였다. 찾아보니 이미 건물이 4개월 전에 준공되었는데도 여전히 그 간판은 철거되지 않은 채 빌라로 들어가는 초입을 지키고 있었다.

판검사는 직위가 분명하니 그렇다 치고, 예술가와 문학가는 어떤 기준으로 매겨지는 건지, 지자체에 예술인 등록은 못했지만 글을 쓰는 나도 예술가 혹은 문학가로 쳐줄 수 있는지 궁금했다. 가진 돈은 둘째 치고 '명사'가 아니라서 안 되려나. 그런데 얼마나 유명해야 명사인가? 나도 북스타그래머들 사이에선 꽤 유명한데.

좀 전에 다녀온 예술인마을에 대해 생각했다. 국가에서 이름난 예술인끼리 모여 살라고 마을을 만들어주는 것은 좋은 문화예술 사업이고, 우리끼리 모여 살 집을 짓자는 저 문구는 지독한 배제와 차별의 산물인가? 끼리끼리는 인간의 본성이나 마찬가진데 그게 뭐가 나쁘단 말인가. 같은 것끼리만 모아두면 선한 것이 나오리라는 인식은 여기나 거기나 다르지 않은데 왜 한쪽에만 심사가 뒤틀리는지 나도 나를 알 수 없었다.

『제7의 인간』은 1970년대에 돈을 벌기 위해 독일, 영국, 프랑스 등 유럽의 선진국으로 이주 또는 이민을 간 개발도상국 출신 노동자들의 생활을 추적한 책이다. 당시 유럽의 산업 발전을 지탱한 육체노동자 일곱 명 중 한 명은 이런 이민 노동자였다고 한다. 그들은 타향에서 자신의 정체성을 소거 당한 채 열악한 노동 환경에서 부품처럼 일해야 했지만, 어떤 이들은 자신의 원 터전이 아닌 곳에서도 거리낌 없이 우리만의 리그를 선포하고 있었다.

돌아와 글을 쓰다 찾아보니 그 빌라는 생각보다 분양이 저조했는지 상당수의 호수가 여행객들을 위한 숙소로 임대되고 있었다. 돈만 있으면 누구라도 가서 묵을 수 있는 숙소를 짓는 데에 왜 그런 배제의 언어가 필요했을까. 나는 사진첩을 열어 해체되지 않은 그 간판의 문장을 읽고 또 읽었다. 몇 번을 읽어도 믿기지 않는 문장을.

Day 9 별점 없는 세상

제주도에 온 후로 가장 많이 한 일은 책 읽기도 글쓰기도 아니었다. 네이버 지도에서 식당과 카페를 검색하고, 누적 별점 4점이 넘는 곳 중에서도 리뷰가 괜찮은 곳을 골라 가볼 만한 곳으로 저장해두는 일이었다. 목록 중에는 판포리 옆 조수리에 있는 햄버거 가게가 있었다. 업체 등록은 되어 있는데 위치 말고는 별점도 리뷰도 이용 시간도 정보가 없는 이상한 곳이었다. 폐업했나? 이제 막 문을 열어서 등록을 덜 했나? 정보가 없으니 무턱대고 찾아갈 엄두가 안 났다. 내비도 없고 리뷰도 없던 시절의 여행은 어떤 것이었을까. 효율은 좀 떨어져도 예기치 못한 즐거움이 더 많지 않았을까.

아무리 그래도 영업 여부는 확인해야 할 게 아닌가. 불굴의 의지로 인스타그램에서 식당 계정을 찾아냈다. 그날그날의 오픈 여부를 알리는 게시물 사이에서 긴 글 하나를 발견했다. 얼마 전 검색 엔진에서 업체 정보를 지웠고, 어떤 마음으로 그 일을 했는지를 아주 소상히 밝힌 글이었다. 요컨대 그는 더 이상 좋은 것이든 나쁜 것이든 평가받는 일로부터 자유롭길 원하며, 여행자들 또한 거기는 그렇더라 저기는 저렇더라 같은 타인의 경험에 의존하기보다는 자신의 끌림을 온전히 믿고 따라가는 여행을 하길 바란다는 것이었다.

이런 고민을 하는 사람의 음식이 형편없을 리 없고, 그 가게에 대한 리뷰가 나쁠 리 없었다. 그럼에도 높은 별점과 좋은 리뷰를 내세워 더 많이 팔고, 더 많이 버는 길을 택하지 않은 사람의 마음을 알 것 같았다.

평가는 나쁘면 나쁜 대로 좋으면 좋은 대로 사람을 옥죈다. 상사들로부터 일 잘한다는 칭찬을 들으면 기뻐야 하는데 기쁘지 않았다. 뭘 잘하고 나면 그다음엔 더 잘하거나 그보다 못하게 될 뿐일 텐데, 지금보다 잘할 수 있을지 확신이 없었기 때문에. 앞으로도 그들이 뭘 원하는지, 그들이 뭘 좋아하는지 알아챌 자신이 없었기 때문에. 실은 잘 한다는 게 뭘 의미하는지도 몰랐기 때문에. 그래서 칭찬을 칭찬으로 집어삼키지 못하고 살았다.

판포리를 떠나는 길에 그 햄버거집에 들렀다. 열 개 남짓한 좌석. 많아야 네 팀 넘게는 받지 못할 것 같은 작은 규모의 가게였다. 태블릿에서 셀프로 결제하는데 네 개의 메뉴 중에 그 흔한 '시그니처' 나 '베스트' 딱지가 붙은 게 없었다.

"여긴 시그니처 없어요?"

내가 묻자, 주인은 답했다.

"좋아하시는 게 다 달라서요."

머리를 한대 얻어맞은 기분이었다. 오랜만에 너무 명쾌한 말을 들으니 말이 나오지 않았다. 그랬지. 선의로 하는 추천조차 때로는 자유로운 선택을 방해하곤 했으니까. 내게는 그 말이 아무 정보도 없는 햄버거집에 본능을 따라 이끌려 온 것처럼 각자의 마음이 동하는 메뉴를 고르라는 말처럼 들렸다.

카페에서 추천 딱지가 붙은 메뉴를 먹지 않으면 어딘가 손해보는 것 같은 찝찝한 기분이 들 때가 있다. 커피는 무조건 아메리카노, 정말 피곤하면 라떼까지만 먹자고 아무리 다짐해도 관광지에 가면 꼭 마음이 흔들린다. 어쩌다 추천 메뉴에 넘어갈 때도 있지만 결국 후회한다. 다짐을 한 데엔 이유가 다 있는데 무시하고 시럽이든 크림이든 뭐라도 하나 더 들어간 커피를 시켰다간 백이면 백, 잔 바닥을 보지 못하고 내려놓게 된다.

OPEN

snack bar
Based Jeju, from @joji.truckcoffee
Coffee Soft Drink Burger Sandwich Bánh mì
and more you love

네이버에서는 한때 영수증을 인증하면 50원에서 100원씩 포인트를 주면서 별점 리뷰를 남기는 서비스를 운영했다(이제는 별점 노출을 중단했다). 영수증이 필요하니 허위 리뷰가 등록될 가능성이 드물 터. 직접 다녀온 손님들의 평가를 토대로 사람들은 어느 가게가 좋고 나쁜지를 간편히 확인할 수 있었다. 각자의 체험을 모아 빅데이터화 하고 평균을 내면 적어도 너무 아닌 곳 정도는 '걸러낼 수' 있다는 생각이었을 거다. 사람들은 돈을 냈으니 요구할 권리가 있고 이러쿵저러쿵 실컷 평가할 자격이 있으며, 때로는 그 제공자에게 감정까지 배설해도 괜찮다는 권력 의식으로 열심히 평가하고 재단했다.

아홉 명이 5점을 줘도 한 명이 1점을 주면 별점은 4.6점으로 떨어졌다. 좋다는 아홉 마디에도 나쁘다는 한마디 말에 마음이 돌아서는 게 사람이라서 사장님들은 별점에 각별히 신경 써야 했다. 그러나 남의 가게에 1점에서 5점까지 점수를 매길 때 아무리 자의적일지라도 일관된 기준을 가지고 있었느냐 물어본다면 일단 나는 아니었다. 음식이 좀 맛이 없어도 사장이 친절하면 5점을 줬고, 기분이 안 좋은 날 손님으로 들끓는 카페에 갔다가 도떼기시장 같다며 맛과 친절에 무관하게 3점을 주기도 했다.

그 시스템은 변덕스러운 상사 비위 맞추듯 소비자가 기분 따라 가볍게 매기는 평가로 자영업자들을 옭아매는 동시에, 우리의 모든 경험을 누군가의 추천과 검증에 의존하게 만들었다. 네이버는 그런 문제를 인지했는지 별점 리뷰를 없애고 키워드 리뷰를 도입했다. 같은 카페에 가더라도 누군가에겐 커피가, 누군가에겐 디저트가, 또 누군가에게는 친절이, 경치가, 음악이 중요할 수 있다는 걸 고려해 일괄적인 별점이 아니라 그 공간을 가장 잘 나타내는 특징을 고르는 방식으로 개편한 것이다. 이런 변화는 반갑다. 모두에게 좋은 것도, 모두에게 나쁜 것도 실은 없으니까.

●●

인스타그램에서 오래 지켜보았던 책방에 찾아갔다. 못 보던 책도 많고 구석구석 큐레이션이 다양해 한참을 머물렀다. 두 권을 골라 계산했다. 8년간의 공무원 생활을 녹여낸 진고로호 작가의 에세이 『공무원이었습니다만』과 이기호의 신작 소설 『눈 감지 마라』였다.

앞마당이 보이는 창가에 앉아 진고로호 작가의 책을 펴 보았다. 나와는 지역도 연차도 다르지만 사람 사는 모양이라는 게, 게다가 법에 정해진 업무를 수행하는 공무원의 일이라는 게 크게 다르지 않아서 내가 모르는 이야기는 거의 없었다. 떠나는 마당이라 오랜 시간 꾹꾹 눌러 온 날 선 감정만으로 지면을 다 채울 수도 있었겠지만, 그는 '만나서 더러웠고 다시는 보지 말자'는 식으로 돌아서지 않았다. 한때, 아니 그보다는 좀 더 긴 시간 몸담고 부대끼며 일했던 조직에 대한 애정과 미움을 고루 담아 놓고 있었다. 어쩌면 당연한 일이다. 서럽고 부당하고 이해할 수 없고 적응할 수 없을 것 같았지만 지난 4년은 내게도 새로운 세상을 배우는 시간이었기 때문이다.

그렇지만 반평생을 견딜 수 있을까. 덩달아 무뎌지고 닳아지다 보면 모든 것에 그러려니 초연해질 수 있을까. 좋음과 나쁨을 8년 넘게 저울질해 보아도 결국 기우는 쪽은 나쁨이었는지, 공무원을 그만둔 후 글을 쓰고 그림을 그리며 자기의 자리 직접 만들어가는 그의 삶이 부럽고 멋졌다. 누가 앉으라고 정해준 자리에 앉지 않고, 누가 쓰라고 하는 글을 쓰지 않아도 된다니! 얼마나 어려운 결단이었을지 알지만, 기어이 그 어려운 결단을 내려야 할 만큼 얼마나 괴로운 마음이었을지도 알 것 같았다.

내일 모레라도 그만둘 것처럼 노래를 부르고 다니면서도 아직은 아니라고 버티는 덴 이유가 있다. 돈이 필요해서, 부모님 설득하기 귀찮아서, 타인을 위해 일해주고 돈 받는 입장이란 어딜 가도 크게 다르지 않을 걸 알아서…. 여러 이유 중에서도 가장 큰 건 지긋지긋한 밥벌이의 반복이 삶에 주는 용기와 희망 때문이다. 전에는 그만두는 것만 용기인 줄 알았지만 이제 버티는 것도 용기라는 걸 알게 됐기 때문이다.

언젠가 박준 시인이 말했다. 돈이 아주 많은 사람이 돈 걱정 없이 조용한 데 들어앉아 글만 쓰라고 후원해준대도 사양하겠다고. 자신의 시를 읽는 대부분은 평범하게 출퇴근을 반복하는 생활 안에서 웃고 우는 사람들이기 때문에. 그 삶을 모르고는 그들에게 닿을 수 있는 시를 쓸 수 없을 것이기에.

처음 면사무소에 발령받고 맡았던 민원대 업무는 외향형이었던 나를 내향형으로 바꿀 만큼 사람에 학을 떼게 만들었다. 하지만 돌아보면 매일 의무적으로 다채로운 인간군상을 만나야 했던 그때만큼 쓸 거리가 풍부했던 때도 없었다. 휴직 동안 사람을 거의 만나지 않고 집에만 틀어박혀 책만 씹어 삼켰다. 부릴 수 있는 시간이 그렇게 많았는데도 집필로 이어지지 않았던 걸 보면 인간이 주는 이야기가 없었기 때문이다. 다 때려 치고 구례 할머니 댁에나 들어가 속세와 연을 끊고 책 속에 파묻혀 지내고 싶다던 바람은 잠시 접어두기로 했다.

●●

내일이면 여행 열흘차다. 3주로 예정된 여행의 절반이 흘렀다. 혼자 걷고 혼자 먹고 혼자 마시는 일이 아주 조금 외롭게 느껴지려는데 마침 연휴를 맞아 육지에서 친구가 오기로 했다. 나와 같은 배를 타고 내일 이른 아침에 입도할 친구를 맞이하기 위해 미리 제주시로 올라가 하룻저녁을 나기로 했다.

차를 마시고 다음 목적지를 내비게이션에 입력하니 40분 정도 걸린다고 나왔다. 갈 길이 멀구나. 운전을 시작한 지 7년이 넘었지만, 아직도 30분이 넘는 운전이 싫고 때론 무섭다(나도 모르는 스피드 본능으로 빨라진다). 내비게이션은 좀 전에 들어온 큰 도로가 아닌 찻집 뒤쪽 산길을 가리켰고, 나는 의심 없이 안내를 따라나섰다. 비닐하우스 몇 채, 낡은 포터 자동차를 지나고 밭과 나무로 가득한 녹빛 풍경을 지났다. 한참을 들어가자

아스팔트 포장도로가 끝나고 비좁은 농로가 시작됐다. 점점 무서워졌다. 못 가는 길을 가라고 하는 건 아니겠지만 왜 좋은 길 다 놔두고 이런 길이람. 반대편에서 차가 오면 곤란할 만큼 좁은 길이었지만 차라리 누구라도 나타나 주길 바랐다. 그쪽에서 누가 왔다는 건 나가는 길이 있다는 뜻일 테니까.

잔뜩 긴장한 채로 서행하는데 나뭇가지에 뭔가가 나부끼는 게 보였다. 일정한 간격마다 나뭇가지에서 반복되고 있는 파란색과 주황색으로 된 그 표식은 올레길 리본이었다. 제주의 푸른 하늘과 감귤을 상징한다는 리본. 어떤 사람이 손수 이 리본을 달며 이 길을 먼저 지나갔다고 생각하니 퍽 안심이 됐다. 그 작은 리본은 이리로 오라는, 지금 이 길이 맞다는 신호 아닌가. 리본을 따라가자 얼마 지나지 않아 대로가 나타났다. 하늘이 점점 어두워지고 있었지만 이제 무섭지 않았다.

제주의 푸른 하늘과 감귤을 상징한다는 리본.
누군가가 손수 이 리본을 달며 이 길을 먼저 지나갔다고 생각하니 퍽 안심이 됐다.
그 작은 리본은 이리로 오라는, 지금 이 길이 맞다는 뜻 아닌가.

{ Chapter 4 }

성산읍

우리가 살아가는 평범한 세상에는 내 자그마한 이익보다 생명이 귀하다는 걸 아는 보통의 인간이 훨씬 더 많았다. 위안이 됐다. 변수란 늘 있기 마련이지만 나는 내일 우연히 만날 누군가도, 이 책을 읽을 누군가도 나와 비슷한 마음을 가진 사람일 거라고 믿기로 했다.

Day 10 가장 잘한 오해

이른 아침 차를 몰아 내가 입도했던 제주항으로 마중을 나갔다. 아침밥부터 먹자며 첫날 포기했던 해장국집을 찾아갔다. 인근에 차를 대고 식당으로 가는 길은 한산했다. 아무래도 날을 잘 잡은 것 같다고 좋아하려는 순간, 식당 주변에 포진한 인파가 조금씩 눈에 들어오기 시작했다. 한 발씩 내디딜 때마다 넓어지는 시야 안으로 식당 안, 대기실(!), 바로 앞 공영주차장까지 군데군데 자리 잡은 사람들이 들어오기 시작했고 그 수가 어림잡아도 백 명은 넘어 보였다. 번호표를 받고 보니 123번이었다. 불러주는 번호를 들어 보니 우리 앞에 약 서른 팀이 남아 있었다. 그러니까 오픈 두 시간 만에 이 식당은 벌써 백 테이블 가량을 해치운 것이다.

나는 그 순간 해장국집 사장님이 되고 싶었다.

뭔가를 기다리는 일이라면 질색이지만 함께인데다 급한 일도 없어 기다려 보기로 했다. 식당 문 왼편에는 야쿠르트 아줌마(요즘에는 '프레시 매니저'라고 부른다.)가 자리를 잡고 있었다. 우리가 생각해도 기똥찬 자리였다. 그들에게도 영업 구역이라는 게 있을 테니, 이 해장국집 일대를 영역으로 받은 것만 해도 매출 걱정은 없을 것 같았다.

젊은 부모들은 이른 아침부터 아이들을 데리고 나와 줄 세운 것이 미안했는지, 간단한 요깃거리로 요구르트나 과채주스를 샀다. 손님은 계속해서 들고 나는데 식당 앞을 서성이는 사람의 수는 시간이 가도 줄지 않고 늘기만 했다. 요구르트를 산 이 부모들이 저 부모들로 바뀌며 요구르트는 계속 팔렸다.

나는 그 순간 야쿠르트 아줌마가 되고 싶었다.

번호를 부르는 사장님의 외침은 빠르고 단호했다. 100번! 없으세요? 넘어갑니다. 101번! 없으세요? 넘어갑니다. 흡사 경매장을 방불케 하는 현장에서 속전속결로 번호가 넘어갈 때마다 우리는 속으로 쾌재를 불렀다. 123번을 놓치지 않기 위해 온 신경을 집중하고 있는 바로 그때, 갑자기 사람들이 웅성거리기 시작하더니 "고양이!!!"라는 높은 음성이 귀에 꽂혔다. 주차장에서 출차하던 차량의 바퀴에 태어난 지 한두 달이나 됐을

법한 새끼 고양이가 끼었다는 것이다. 참혹한 현장을 눈으로 볼 자신이 없어서 나는 빠르게 귀를 막고 몸을 돌렸다.

다행히 고양이는 바퀴에서 빠져나왔지만 부상을 입어 절뚝인다고 했다. 고양이는 자동차 주변을 둘러싸고 밖으로 나오라고 손짓하는 사람들이 무서웠는지 차 밑에서 나올 생각이 없어 보였다. 내가 고양이 입장이라도 차 밑으로 보이는 수많은 신발이 무서울 것 같았다.

설상가상으로 고양이는 차량 하부를 통해 보닛으로 들어갔다. 보닛에 고양이를 품게 된 차는 하필이면 출구 차단기 앞에서 그 일을 당하는 바람에 오도가도 못하고 한참을 멈춰 있어야 했다. 성인 여성의 팔뚝보다 작은 고양이 한 마리를 기다리느라 출차로가 막힌 주차장 인근의 교통 상황은 엉망이 됐다. 뒤로는 출차하려는 차량이 서너 대 이상 줄지어 있었지만 빵빵거리거나 "그깟 고양이 때문에"라고 말하는 사람은 없었다.

이후로도 고양이는 사람들과 30분 이상을 대치하다가 119가 출동한 후에야 극적으로 구조됐다. 백여 명이 넘는 해장국집 손님들은 한마음 한 뜻으로 고양이의 구조를 애타게 기다렸고 구조된 고양이에 함께 안도하고 있었다.

뉴스 속 세상은 매일 사람이 죽어 나가고 말 못 하는 동물이 학대당하는 각박한 곳이기만 했는데, 우리가 살아가는 평범한 세상에는 내 자그마한 이익보다 생명이 귀하다는 걸 아는 보통의 인간이 훨씬 더 많았다. 변수란 늘 있기 마련이지만 나는 내일 우연히 만날 누군가도, 이 책을 읽을 누군가도 나와 비슷한 마음을 가진 사람일 거라고 믿기로 했다.

●●

친구와 함께 머물 곳은 올레시장 초입에 위치한 저가 호텔을 골랐다. 숙소에서는 잠만 자고 맛있는 걸 먹는 데 투자할 생각이었다. 그렇게 고른 호텔은 캐리어를 펼치면 발디딜 틈이 없을 만큼 좁디 좁아서 수년 전 머물렀던 오사카의 호텔을 떠올리게 했다. 대강 짐을 부려놓고 올레시장으로 향했다.

판포포구에서 보낸 지난 나흘은 북유럽의 시계를 따라 흘러갔다. 안 그래도 상권이 더디게 발달한 판포리에서는 저녁 여섯 시면 문을 닫고 들어가는 사장님들과 함께 나도 숙소로 돌아와야 했다. 그러나 서귀포는 달랐다. 올레시장은 대낮처럼 환하게 불을 밝힌 채 호객 행위를 하는 상인들과 한국인, 외국인 가릴 것 없는 관광객으로 가득했다. 청년들의 푸드트럭이 모인 야시장은 귀청이 터질 것 같은 강렬한 음악으로 손님을 끌어모았는데, 가격은 전혀 거리 음식답지 못했다.

순천에서 6천 원짜리 푸드트럭 큐브스테이크도 비싸다고 생각했는데, 이곳에서는 길바닥에 서서 먹는 볶음밥 하나도 제주 흑돼지를 썼다는 이유만으로 9천 원이 넘었다. 그러나 푸드트럭에는 흑돼지를 쓰지 않은 음식이 없었으니, 흑돼지 김치말이, 흑돼지 덮밥, 흑돼지 수제버거, 흑돼지 볼카츠 … 흑돼지의 변신은 무죄라고 단체 탄원이라도 하는 것일까? 석연찮은 마음으로 한참을 고민한 끝에 여기저기서 조금씩 음식을 주문했다.

흑돼지 초밥, 흑돼지 만두, 흑돼지 야채볶음까지. 흑돼지를 잔뜩 먹고 나니 비유로나 실제로나 돼지가 된 것 같았다.

배를 채우고 혼잡한 올레시장을 걸었다. 폐상자를 실은 리어카가, 리어카를 모는 아저씨가 우리를 지나쳐 갔다. 리어카가 지나간 자리 뒤에 작은 박스 상자가 바닥에 떨어져 있었다. 주워드려야 하나 고민하는 순간, 그 뒤를 걷던 한 남자가 박스를 주워 리어카 속에 던지더니 고맙다는 인사는 됐다는 듯 재빠르게 인파를 뚫고 앞으로 나아갔다. 몸을 숙여 리어카 내부를 살피는가 싶더니 주인의 표정이 급격히 어두워졌다. 그의 눈은 멀어져간 남자를 좇는 것도 같고 멍하니 허공을 보고 있는 것도 같았다.

"쓰레기를 버렸다고 생각한 거야."

친구가 말했다. 리어카 주인의 얼굴 위로 모멸감이 서렸다. 멀어져 간 남자를 향한 것이었는지 자신을 향한 것인지 알 수 없었다. 그는 그 자리에 한참을 멈춰 서있었다. 바닥에 떨어져 있던 박스는 어쩌면 그가 흘린 것이 아닐 수도 있다. 아니면 남자가 던지고 간 것의 정체를 모르고 쓰레기라고 오해했을 수도. 나는 리어카 주인에게 말해주고 싶었다. 남자에게는 악의가 없었을 거라고. 다 오해라고. 모든 걸 설명하고 그의 모멸감을 지워주고 싶었다.

하지만 애초부터 리어카 주인이 그 상자를 보았으나 주울 생각이 없었다면? 그런데 길에 버려진 상자를 남자가 당연히 리어카 주인의 몫으로 여기고 던진 것이라면? 무엇도 확신할 수 없었다.

●●

안톤 체호프가 쓴 단편 「관리의 죽음」에는 이런 이야기가 나온다. 회계원 체르뱌코프는 오페라를 관람하던 도중 재채기를 한다. 앞자리에 앉은 대머리 장군이 손수건으로 머리와 목덜미를 쓸어내리는 것을 보고 자신이 그에게 침을 튀겼다고 '생각'한 체르뱌코프는 장군에게 귓속말로 사과를 건넨다. 장군은 괜찮다고 대답하지만, 그 대답이 의례적인 것이라고 판단한 체르뱌코프는 이후 그의 직장까지 찾아가 거듭 사과를 하고, 그런 태도에 질려버린 장군이 끝내 나를 놀리는 거냐며 화를 내자 체르뱌코프는 죽어버린다.

충분히 설명하지 않아도, 지나치게 설명하려 들어도 생겨나는 어긋남. 김소연 시인은 썼다. "이해란 가장 잘한 오해"[3]라고. 사는 동안 얼마나 많은 오해를 이해라고 착각해왔을까. 서로의 말과 행위를 조금의 곡해도 없이 받아들이는 기적은 가능할까. 문득 사소하게 주고 받는 대화와 동의의 표시로 건네는 끄덕임들에 감개무량해진다. 실은 그게 다 오해에 불과하다고 할지라도.

---

3. 김소연, 『마음사전』, (마음산책, 2008), 169p.

Day 11 섬의 법칙

이중섭 미술관에 가기로 했다. 간밤에 내린 비로 한층 색이 깊어진 돌담길을 걸어 오르다가, '이중섭거리'라고 써진 표지석을 보았다. 어제저녁 술집에 가면서 별다른 생각도 없이 타박타박 걸어 내려왔던 바로 그 길이었다.

이중섭이 한국전쟁 당시 가족들과 함께 서귀포로 피란을 와 1년을 지냈다는 것은 전에 책을 읽어 알고 있었다. 건강이 악화된 이남덕 여사가 두 아들을 데리고 도쿄로 떠난 후 이중섭은 홀로 부산에 정착한다. 그리고 1953년 시인 구상이 도와준 일주일간의 해후를 마지막으로 그는 두 번

다시 가족과 만나지 못했다.

2002년, 서귀포시는 그가 살았던 생가 옆에 이중섭 미술관을 건립했지만 이름만 이중섭 미술관이지 그의 원화 작품이 없었다. 이후 여러 문화인이 이중섭 원화를 비롯하여 대표적인 한국 현대 예술가들의 그림을 기증하면서 얼추 미술관의 모양을 갖추게 되었는데, 마침 그 기증작품전이 열리고 있었다. 저지리에서 전시 교체로 보지 못했던 김창열의 작품도 볼 수 있었다.

"1년 살았다고 미술관을 만드네."

한참 미술관 건립 배경을 읽던 친구가 말했다.

"이중섭이잖아."

당연한 소리를 한다는 듯 내가 대꾸했다. 연예인이 밥 한 끼만 먹고 가도 현수막을 붙여 광고하는데, 20세기 한국 현대미술을 대표하는 화가가 일 년을 살았다니 그 생가를 보존하고 미술관과 거리를 만들지 않고 배길 수 있겠는가. 이중섭이 일 년 아니라 일 개월을 살았다고 해도 그 족적을 기념하고 상품화하지 않을 수 없을 것이다. 단순히 관광 세수를 노렸다고 보는 건 좀 경박한 시선일 거다. 서귀포는 이중섭에게 가족과 함께한 마지막 추억이 담긴 도시이자, 그의 그림에 자주 등장하는 게와 물고기, 그리고 그것들과 함께 맨몸으로 자유롭게 노니는 아이들의 원형을 만났던

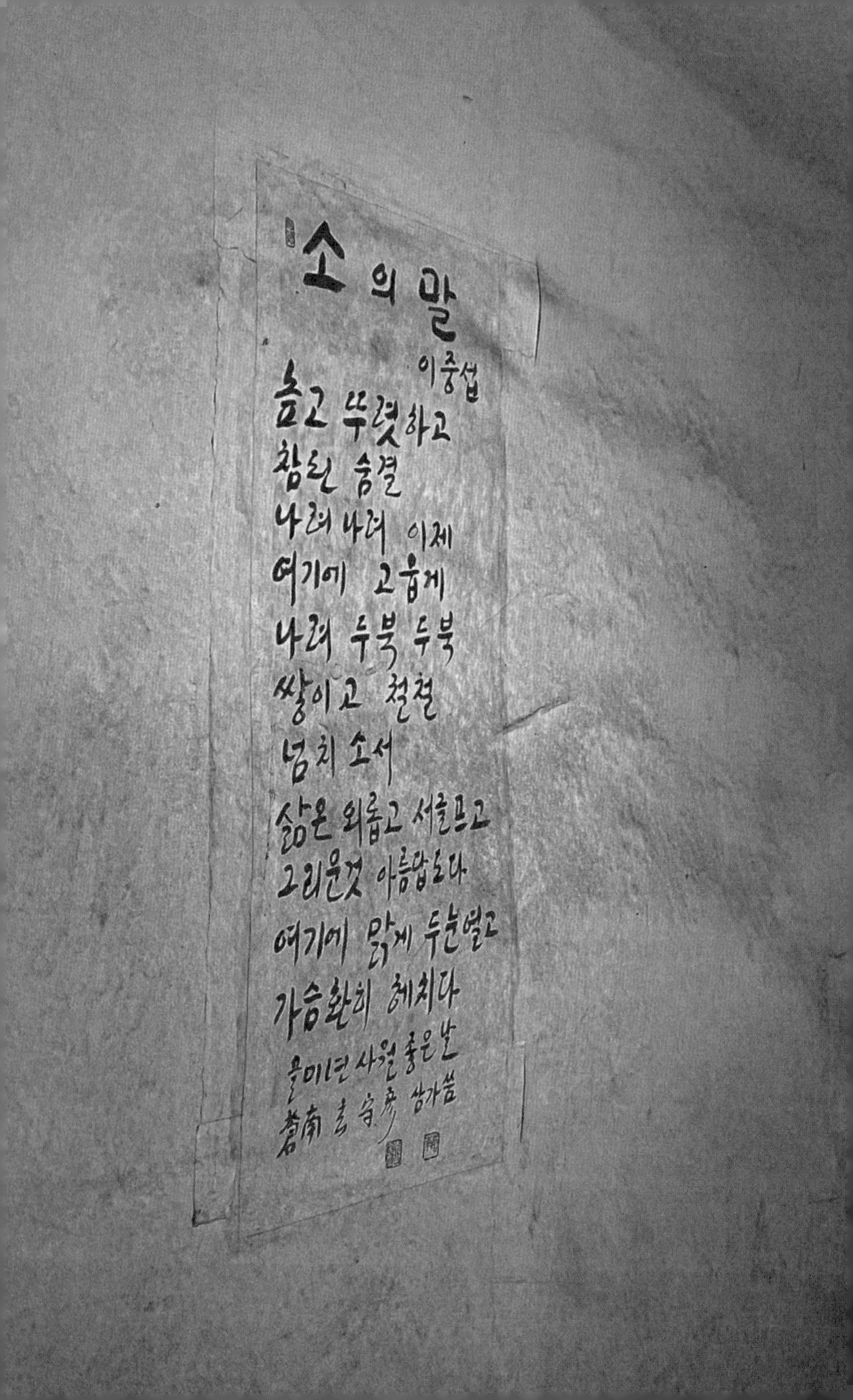
소의 말
이중섭
높고 뚜렷하고
참된 숨결
나려 나려 이제
여기에 고웁게
나려 두북 두북
쌓이고 철철
넘치소서
삶은 외롭고 서글프고
그리운것 아름답도다
여기에 맑게 두눈 열고
가슴 환희 헤치다
을미년 사월 좋은날
蒼南
삼가씀

곳인 만큼 의미가 남다르기 때문이다.

그런데 이중섭은 가족이 도쿄로 떠난 후, 일본과 그나마 가까운 도시인 통영으로 이주했다. 통영에서 그 유명한 '황소' 그림이 탄생했고, 가족을 향한 그리움을 영감으로 작품의 8할을 남겼으니 통영도 제주만큼이나 전시관 하나쯤 욕심나지 않을 수 없으리라. 내가 이중섭과 이남덕 여사가 주고받은 서간집을 엮은 『편지와 그림들』을 발견한 것도 통영의 책방이었다.

두 도시는 이 위대한 예술가가 각각 서귀포와 통영을 얼마나 사랑했는지 강조하고 있지만, 나는 그가 사랑했던 1950년대의 제주와 통영이 지금과 얼마나 비슷한지, 또 얼마나 그와 멀어져 있는지 궁금했다. 사정을 다 알면서도 때로는 지나친 추억팔이는 아닐까 염려가 됐기 때문이다.

이중섭 미술관을 다녀온 후 이런 발상을 했다. 서울공화국인 이 나라에서 지방소멸이 그토록 문제라는데, 지역 간 균형발전을 위해 장차 훌륭한 예술가가 될 사람들이나 혹은 이미 반열에 오른 예술가들에게 보조금을 주면서 전국 팔도를 유랑하며 일 년에 한 번씩 인구와 인프라가 부족한 읍, 군 단위로 거처를 옮기도록 한다면 어떨까?

그리고 예술가들이 지역에 머물면서 남긴 문학, 그림, 음악 등을 종합적으로 전시 및 상영하는 복합 센터를 만드는 거다. 그림을 예로 들면, 화가가 지역에서 원화를 지자체에 기증하거나 국립현대미술관 등에서 사들여 지자체에 대여해주어도 괜찮을 것이다. 만약 권수정 화백이 8도의 마을을 돌며 약 60점의 그림을 남겼다면, 5점은 경북 영천에, 7점은 충북 제천에, 8점은 전남 구례에 소장되어 있는 식이다. 어떤 예술 마니아들은 화가 권수정의 원화를 감상하기 위해 전국의 소도시로 테마 여행을 떠날지도 모르겠다!

예술가들은 살던 곳을 벗어나 새로운 영감을 얻고, 소멸 위기에 놓인 소도시들은 수준 높은 문화예술 자본을 소장할 수 있다. 혹시 어느 예술가가 유랑하던 도시 중 한 군데에 정착이라도 하게 된다면 미술관 하나는 따 놓은 당상이고, 예술가 누구가 정착한 도시라는 홍보 프레임도 얻을 수 있을 것이다.

신이 나서 적고 보니 예술가를 온통 지자체 세수 확보의 수단처럼 전락시킨 것 같아 면목이 없다. 벤치마킹 출장도 아닌데 그림 한 점 보러 가서도 이런 생각을 하는 걸 보면 아무래도 직업병이 분명하다. 재미로 해본 상상이지만 웃자고 하는 얘기만은 아니다. 얼마 되지 않는 전입지원금이나 문화 인프라 개발을 위한 외주 용역에 예산을 쏟아부을 바에는 이런 공상을 현실화하는 게 훨씬 나을지 모른다.

그때 난 어디로 가면 좋을까?

날이 흐리니 커피보단 차가 당긴다. 친구와 조용한 찻집에 들러 백차와 보이차를 나눠 마시고 바닷가로 향했다. 여름이 지나간 지 그리 오래되지 않았는데도, 흐린 하늘에 칙칙한 방파제 색이 더해진 해변은 꽤 쓸쓸했다. 한두 달 전까지 성황을 이뤘을 낡은 물놀이 시설이 휑하니 옆에 자리 잡고 있는 바람에 망한 워터파크에 온 듯한 느낌도 들었다. 간간이 알박기를 해둔 자동차 트렁크 뒤에서 세찬 바람에 맞서 캠핑을 하는 사람들이 보였다.

늦은 점심으로 국수를 먹었다. 국숫집 근처에 괜찮은 카페가 있어 가보려 하니 곧 마감 시간이었다. 카페가 오후 여섯 시도 아니고 네 시에 마감이라니? 부러운 마음을 금치 못한 채 우리는 카페 근처를 최대한 천천히 걸으며 서성였다. 네 시가 되자마자 주인으로 보이는 사람이 카페 문을 잠갔다. 그리고 그는 고작 50미터 거리의 도로 건너, 카페 코앞에 위치한 집으로 들어가더니 마당에 놓인 의자에 앉아 멍을 때리기 시작하는 게 아닌가?

"야, 봤어? 저분 지금 저 집으로 들어간 거?"
"응…. 근데 저 정도 거리면, 장사를 좀 더 하셔도 괜찮지 않을까?"
"내 말이! 여기 유럽이냐고."
"나, 방금 내 삶의 지향점을 찾은 것 같아."

성수기가 끝났고 해수욕장을 찾는 사람이 줄었다고는 하지만, 이렇게까지 '적게' 일해도 괜찮은 건지 우리는 얼굴도 이름도 모르는 사장님을 걱정을 가장해 부러워하고 있었다. 칼같이 9 to 6를 지키며 주 40시간 일하기는커녕, 매일 여덟 시도 안 되어 출근하고 아홉 시까지 야근을 밥 먹듯이 하면서 못해도 20~30시간씩 초과근무를 해온 우리였다. 공무원이 되면 돈은 몰라도 워라밸은 잡을 수 있을 줄 알았는데, 이렇게 돈도 워라밸도 못 챙길 거라면 차라리 제주도에서 조금 일하고 조금 벌며 사는 게 낫지 않겠냐며 우리는 잠시 조기 퇴직 방안을 연구하기 시작했다.

"난 일단 커피를 배울게. 너는 베이킹을 배우고…. 카페가 잘 안될 수도 있으니까 사이드 잡도 하나 있어야겠지. 어디 책방에 길을 뚫어 글쓰기 강사 같은 거라도 하면 좋겠다."

하자면 못할 것도 없지만 가까운 미래는 아니라는 걸 알면서도 상상만으로 즐거워졌다. 카페의 업체 정보를 검색하자 공지사항이 떠 있었다. 카페는 중년의 부부가 운영하고 있는데 "아줌마 사장님"이 교통사고를 당하는 바람에 "아조씨 사장님" 혼자 시간을 단축해서 운영할 예정이니 혼자인 아조씨를 잘 부탁한다는 내용이었다.

사정을 알고 나니 타인의 삶에 대한 막연한 동경을 내려놓자던 다짐을 잊은 채 사장님을 부러워한 게 미안해졌다. 부부 중 한 사람이 다쳐서 일을 못 하게 되면 다른 한 사람이 두 배로 일을 늘리는 게 육지의 법칙 아닌가? 혼자 일하려면 힘이 드니 시간을 단축한다는 단순한 선택이 왜 우리 눈엔 그토록 기이해 보였을까. 어느덧 하루 여덟 시간 이상의 노동과 벌 수 있을 때 바짝 벌어 둬야 한다는 식의 자본적 강령이 내 몸에 깊이 뿌리내린 건 아니었는지. 우리는 아줌마 사장님과 아조씨 사장님의 마음을 갖고 싶었다. 그것은 섬의 법칙이었다.

책의 외관에 편견이 많다. 표지 삽화에 이층집 그림이 있는 책. 10대가 해야 할, 20대가 알아야 할, 30대에 시작하는 어쩌고저쩌고 식의 나이별로 의무를 할당하는 책. '너에게'로 시작하거나 끝나는 책. 인문학책인 것처럼 잘 포장된 자기계발서. 그 자체로 나빠서가 아니라 나와 맞지 않는 책이기 때문에 읽지 않는다. 고백하자면 난 검증된 책만 읽는 편식쟁이다. 세상에는 책이 너무 많고 이것저것 다 직접 읽고 판단하기엔 인생이 짧다.

서귀포의 작은 책방에서 방송작가인 유선경의 책 『어른의 어휘력』을 발견했을 때도 비슷한 생각이었다. 어휘력 중요한 거 누가 몰라. 하루이틀 얘기도 아니고. 보나마나 어휘력이 좋아야 글을 잘 쓰고 말도 잘하고 자신감이 붙고 회사에서 인정받는다는 식의 얘기 아니겠냐고 짐작하고 있었다. 그때 띠지에 적힌 문구가 눈에 들어왔다.

"헐", "대박"으로 모든 감정을 표현하는 사람들에게 추천합니다.

"헐 대박, 나잖아?"

띠지를 읽음과 동시에 튀어나온 말이었다.

글 쓸 때나 교양 있게 쓰면 되지 말까지 우아하게 해야 하냐는 게 그간의 생각이었다. 그래서인지 책이나 인스타그램의 글로 나를 먼저 접한 사람들은 글과 달리 가볍고 거친 내 말습관에 종종 당황했다. 인간에겐 진중한 면모 뒤에 가벼운 면모도 있어야 한다며 한동안은 그걸 인간미로 포장하기도 했다. 하지만 어느새 나는 정서와 느낌을 표현할 수 있는 수많은 단어를 버려두고, 서너 개의 단어로 거칠게 감정을 요약하고 있었다.

황당과 분노와 짜증은 분명히 다른 감정인데도 모든 불쾌감을 '짜증난다'고 퉁치고, 훌륭하다, 맛있다, 예쁘다, 심각하다, 놀랍다는 수많은 표현은 '대박', '존맛' 같은 단어들로 대체하며 살았다. 거센소리나 비속어를 섞지 않으면 표현하려는 감정의 크기가 다 담기지 않는 것 같아 답답했다. 상황에 적확하게 들어맞는 단어를 찾으려 애쓰지 않으니, 무난하고 진부한 단어만 떠오를 수밖에 없었다.

유선경은 단어가 생각나지 않는 것은 건망증이 아니라 어휘력 부족이라고 못 박는다. 정곡을 찌르는 말이다. 모르는 게 아니라 잠깐 생각나지 않았을 뿐이라고 변명하기엔 적시에 생각나지 않는 단어가 너무 많다. 원하는 곳에 적절한 방식으로 사용할 수 없는 어휘라면 그걸 '안다'고 말할 수 있을까? 그러니 '어휘력'이란 얼마나 말발이 세거나 단어를 많이 아는가의 문제가 아닌, 낱말이 "다른 낱말과 함께 배치했을 때 의미나 어감이 어떻게 달라지는지 섬세하게 파악"할 줄 아는 능력이다.

책에는 저자가 사물을 보는 관점에 중대한 전환을 가져다 준 대화가 실려 있다. 독일 유학 시절, 대한민국의 바다는 무슨 색이냐는 친구의 질문에 유선경은 무심코 '블루'라고 대답한다. 그러나 '바다가 블루인 나라는 별로 없다는데, 정말 네 나라의 삼면이 다 같은 블루인 게 확실하냐'는 물음을 듣고 유선경은 처절하게 깨닫는다. 지금까지 사물을 "남의 눈"으로 보고 있었다는 걸. 바다는 파랗다는 관성에 젖어 바다가 정말 블루인지 아닌지 제대로 관심을 기울여본 적이 없었다는 걸.

유선경의 경험은 언젠가 엄마와 나누었던 대화를 떠오르게 했다. 엄마는 내게 방에 들어가 '푸른색' 무엇을 가지고 나오라고 했는데 내 눈엔 아무리 봐도 푸른색이 보이지 않았다. 그때 내 머릿 속에 푸른색이란 파랑에 가까운 색이었다. 내가 도무지 모르겠다고, 그런 물건은 없다고 말하자 엄마가 들어와 이거라고 가리킨 물체는 파란색이고 아닌 초록색이었다. 그때 나는 "이게 왜 푸른색이야? 초록색이나 연두색이나 녹색이라고 해야지!"라고 버럭 하면서 엄마의 어휘력을 탓했다.

한참이 흘러, 숲과 들판을 꾸미는 말로 '푸른색'이 쓰여도 아무런 위화감이 없다는 걸 어느날 갑자기 인식하고서 나는 엄마에게 했던 내 볼멘소리가 얼마나 황당하고 무식한 것이었는지 깨달았다. 사전상의 '푸르다'는 "맑은 가을 하늘이나 깊은 바다, 풀의 빛깔과 같이 밝고 선명하다"는 뜻을 가지고 있을 뿐 구체적인 색을 가리키고 있지 않다. 영어사전에서나 블루와 그린 정도를 언급할 뿐이다. 나는 '푸르다'는 말이 때때로 블루이자, 그린이자, 더 많은 빛깔을 의미할 수도 있다는 걸 몰랐다.

어휘력이라면 어디 내놓아도 부족하지 않다고 여겼던 자부심은 그때부터 조금씩 무너져 내렸다. 구체적 단어와 표현을 잃어버리고 "헐", "대박"으로 감정을 드러내는 데에 익숙해지면서 짧고 거친 말이 입술에 뱄다. 점점 글을 쓸 때도 단어가 생각나지 않는 지경에 이르렀고, 간단한 문장도 조리 있게 말하기 어려워졌다.

여행지의 풍경과 음식, 경험을 글로 옮겨 놓으며 얼마나 자책했는지 모른다. 너 고작 이런 단어밖에 몰라? 이렇게밖에 못 써? 이 표현이 최선이야? 남의 글을 너무 많이 읽은 탓인가. 남의 생각, 남의 묘사, 남의 시선에서 한 치도 벗어나지 못하는 문장을 쓰면서 그래도 글 하나는 잘 쓰는 줄 알고 설쳐왔던 자아는 산산이 부서졌다.

Day 12 있다 없으니까

친구가 떠나는 날이다. 벌써. 서귀포에서 섬 한가운데를 가로질러 중간중간 밥도 먹고 커피도 마셔가며 제주시로 향했다. 며칠이지만 좋으면 좋다고, 맛있으면 맛있다고, 피곤하면 피곤하다고 주절댈 수 있는 누군가가 있다는 게 좋았다. 혼자 한 여행은 기억으로 남지만, 함께 한 여행은 추억으로 남는다. 추억이 되지 못한 여행을 기억에서 기록으로 끌어내려고 나는 계속 썼다.

제주항은 출도하는 사람들로 붐비고 있었다. 등산복을 차려입은 사람, 자전거를 끄는 사람, 반려동물이 든 케이지를 안은 사람. 여행의 동반자도 목적도 방법도 모두 다르지만 휴가를 끝내고 돌아가는 날의 아쉬움만은 똑같으리라. 승선하는 친구에게 손을 흔들어 보였다. 차에 올라타니 휑한 조수석이 쓸쓸했다. 심지어 성산으로 가는 길에 들른 카페에는 혼자 온 손님이 나뿐이었다. 카페 통유리 너머로는 나무들 사이에 의자 하나가 덜렁 놓여 있었다. 4인 테이블에 앉아 민폐 끼치지 말고 저리 가서 앉아야 하나. 계면쩍은 기분이 들어 자리를 정리했다. 멜론에서 씨스타의 노래 '있다 없으니까'를 틀고 다음 숙소로 달렸다.

●●

오늘과 내일은 성산 근처 게스트하우스에서 자기로 했다. 모레와 글피에 예약한 비싼 숙소 때문이다. 나름 균형을 맞추려는 전략이랄까. 계산기를 돌려보니 뱃삯부터 숙소비, 밥값과 커피값만으로 하루에 족히 10만 원 이상을 쓰고 있었다. 여행이 행복한 건 돈을 벌지 않고 쓰기만 해서라던데. 한 달에 200만 원도 못 버는 주제에 일도 안 하고 200만 원이 넘는 돈을 쓰고 다니려니 기쁘기보단 속이 쓰리다. 책을 좀 사기는 했지만 기념품 하나 산 게 없고, 비싼 관광지 하나 간 곳도 없는데 괜히 억울했다.

입구에 들어서니 20대 초반 정도로 보이는 여자 스태프가 다른 스태프에게 한참 뭔가를 가르치다가 나를 발견하고 체크인 안내를 해주었다. 오늘 4인실 도미토리에 나 말고는 예약이 없다고 했다. 이렇게 좋을 수가 있나! 호텔에서 혼자 자는 건 행복의 영역이지만 도미토리에서 혼자 자게 되는 건 행운의 영역이다.

나중에 나는 네 명의 스태프 중 가장 늦깎이 스태프와 조금 친해져 스태프 생활에 관해 물어보았다. 게스트하우스는 한 달 단위로 스태프를 모집해서 숙박을 제공하고 스태프들은 돌아가면서 게스트하우스 일을 본다고 했다. 업무 패턴을 듣고 보니 조건이 나쁘지 않았다. 몇 없긴 하지만, 인생에서 후회되는 일 중 하나는 대학생 때 이런저런 알바 전선에 뛰어들어 보지 않은 거다. 10년 전만 해도 주휴수당조차 제대로 챙겨주는 사업장이 별로 없었고, 나는 그런 데서 일하는 게 물정 모르고 돈은 필요한 젊은 애들을 갈취하는 악습이 반복될 수 있도록 동참하는 거라고 여겼다. 지금 보니 뭘 또 그렇게 심각하게 생각했나 싶지만 실은 이것저것 재고 따질 수 있는 처지였다는 얘기겠지.

●●

저녁을 해결하러 밖으로 나왔다. 그리 늦은 시간도 아닌데 문을 연 가게도 지나다니는 사람도 몇 없다. 관광객은 둘째 치고 주민 자체가 많지 않아 보였다. 피자집 하나가 열려 있지만 혼자 한 판을 해치울 수도 없고, 아쉬운 대로 아무 식당에 들어가 곰탕을 시켰다. 외국인 대여섯 명이 앉은 테이블과 나 외에는 손님이 없었다. 특별한 것 없는 곰탕이었다. 나야

밥 먹을 곳이 없어서 그냥 왔다지만 저들은 어쩌다 제주도까지 와서 곰탕을 먹고 있는지 궁금했다. 곰탕을 먹겠다면 제주도가 아닌 곳이, 제주도에서 뭘 먹겠다면 곰탕이 아닌 것이 나았을 텐데. 애국심의 발로인지는 몰라도 나는 그들이 먹고 있는 곰탕을 한국의 맛으로 기억하지 않기를 바랐다.

스태프들이 알려준 카페에 가 보기로 했다. 옛날 교회 건물을 개조해서 만들었는데 낮에는 카페였다가 저녁이면 바가 된다고 했다. 교회(였던 곳)에서 술을 마셔볼 수 있다는 생각에 신이 나서 차도 두고 왔다. 넓은 마당 한가운데 벽돌로 지은 건물이 아담하게 서 있었다. 정면에서 보면 건물 몸체보다 넓은 육각형의 지붕이 덮여 있고 지면에서 지붕을 뚫고 솟아오른 흰 기둥이 있는데, 이 기둥의 하단부가 좌면, 정면, 우면이 아치 형태로 뚫려 있어서 좌면과 우면이 바깥 입구 기능을 하고 있었다.

내부는 원래 구조를 거의 건드리지 않아 교회의 분위기가 많이 남아 있었다. 높은 천장은 기다란 각목을 나란히 붙여 놓은 듯했고, 출입구의 반대편에는 아마도 성직자의 자리였을 단상 위로 카운터 바가 놓여 있었다. 양쪽 벽면에 일정한 간격으로 난 아치형 창문과 익숙한 장의자까지. 나는 장의자가 놓인 자리에 앉아 와인 한 잔을 마셨다. 내가 앉은 의자 뒤 선반에는 성경책과 주보 같은 것들이 아무렇지도 않게 올려져 있을 것만 같았다. 통쾌하면서도 불경스러운 기분이 들었다. 내 안에 어쩔 수 없는 신성이 남아 있는 건지도 몰랐다.

수년 전 루스 베네딕트의 『국화와 칼』에서 읽은 윌리엄 블레이크의 시구('The Little Vagabond')가 떠오른다.

교회에서도 약간의 맥주가 나오고
우리의 영혼을 데워줄 즐거운 불이라도 있다면
우린 온종일 찬송가를 부르기도 하고 기도드리기도 하면서
교회를 빠져나와 방황하려는 생각은 갖지 않을 텐데[4)]

엄밀히 말하면 이 시구는 일본에 살았던 한 영국인이 일본인들의 축제 문화를 생각할 때마다 떠오르는 시구라고 인용한 것을 루스 베네딕트

4. 루스 베네딕트, 『국화와 칼』, 김윤식 · 오인석 옮김, (을유문화사, 2008.) 118p.

가 재인용한 것이다. 일본인들은 불교를 비롯해 여러 종교와 종파를 믿고 그로 인한 축제를 즐기면서도, 신사 참배가 끝나면 금세 맛있는 음식을 사 먹고 액맞이 굿을 구경하며 자유로운 축제의 기분에 녹아든다고 루스 베네딕트는 썼다. 그들에게는 종교가 있어도 결코 그것이 삶을 짓누르는 커다란 위압으로 작용하지 않는다는 요지였다.

교회 안에 아주 깊이 뿌리내렸던 시절이 내게도 있었다. 고등학생도 되지 않은 나이에 스스로를 '죄인 중의 괴수'라고 자책하며 죄악시했던 날들이 살아났다. 대속이라는 은혜로도 부족해서, 할 수 있다면 죽었다가 다시 태어나고만 싶었던 날들. 그러나 스스로 죽는 것도 죄라고 해서 그럴 수는 없었던 날들. 약간의 맥주를 나눌 수 있고, 영혼을 데울 불이 있었더라면 그렇게 아프지는 않았을 거다.

그날들을 살아낸 나를 다독여주고 싶었다.

Day 13 성산일출봉

사 먹는 음식과 커피가 지겨워져 간다. 오늘 성산의 날씨는 비바람이 불고 풍랑이 높았다. 기온이 뚝 떨어졌다. 배가 뜨지 못할 거라는 게스트하우스 스태프에 말을 듣고 우도에나 가보려던 마음을 접었다. 식당들이 점심 영업을 개시할 시간만 간절히 기다렸다가 게스트하우스 스태프들이 추천해준 작은 백반집으로 갔다. 따뜻하고 진한 국물을 먹고 싶었다. 흰자만 익힌 계란프라이가 올라간 밥. 무생채와 고사리, 시금치 반찬에 양은 냄비 김치찌개 한 상을 받자 한 숟가락 삼킬 때마다 언 몸이 녹아내렸다. 오랜 해외여행 중에 한식집에 들어간 사람처럼 나는 밥 한 공기를 게 눈 감추듯 해치워버렸다.

식사를 마치고 찾아간 카페는 대로 한쪽에 편의점과 함께 마치 국도 휴게소처럼 자리해 있었다. 조금 이상한 위치라는 생각은 했지만 덕분에 사람이 많이 오지 않을 것 같았다. 주차를 하고 내렸을 때 목줄 없는 백구 한 마리와 눈이 마주쳤다. 임신이라도 한 건지 배가 통통하게 부른 채 누워있었다. 주변을 둘러보아도 밥통이나 집처럼 보이는 건 없었다. 떠돌이 개이거나, 방임해서 길러지는 시골집 개일지도 몰랐다.

나는 처진 귀에 눈은 반쯤 뜬 채로 커다란 화분 앞에 처량하게 엎드린 그 개를 만져볼 생각으로 조금 가까이 갔다. 그러나 보는 데 그치지 않고 손길이 닿는 순간 모종의 관계가 생겨날 것만 같아 두려워졌다. 나는 뒷걸음질로 멀어져 그대로 카페로 들어갔다. 창가 좌석에 짐을 풀고 따뜻한 캐모마일 차 한 잔을 주문했다. 차를 기다리는 사이 어느덧 구름 사이로 해가 나더니 창으로 해가 쏟아졌다. 테이블 위에 놓인 화분의 녹색 이파리들이 투명한 연두로 빛났다.

창밖에서 개가 주춤주춤 일어났다. 그리고 몇 걸음을 가더니 이내 뒤를 돌아 내 쪽을 바라보았다. 그리고 몇 걸음을 가더니 다시 돌아 이쪽을 보고, 또 몇 걸음 가서 돌아보기를 수차례 반복하는 게 아닌가. 도로변의 수풀 너머로 개의 모습이 사라질 때까지 나는 창밖에서 눈을 뗄 수 없었다. 나를 본 걸까? 그게 아니라면 왜 몇 번이고 뒤를 돌아보았는지 나는 궁금해서 견딜 수가 없었다. 그 개가 돌아본 곳에 사람이라고는 나 하나뿐이었는데.

제주에서 지내는 동안 강아지와 고양이를 숱하게 보았다. 주인이 있는 놈이나 없는 놈이나, 큰 놈이나 작은 놈이나 할 것 없이 귀엽고 사랑스러웠다. 네발로 종종거리며 걸을 때 씰룩이는 궁둥이의 실루엣과 지면에 닿을 때마다 찹찹 소리를 내는 작은 발바닥! 인간 따위야 관심 없다는 식의 고양이는 말할 것도 없고 어쩌다 만난 주인 없는 강아지들도 다 제 살길은 있어 보였다. 오히려 바닥에 퍼질러 누운 채 햇빛으로 샤워하는 놈들을 보며 개 팔자가 상팔자라며 지나쳤는데 이상하게 그 개는 쉽게 마음에서 떠나지를 않았다. 죄책감이라고 하기엔 과장된 감정 같은데, 그렇다고 다른 말이 떠오르지도 않았다.

나는 해야 할 일을 하지 않은 사람처럼, 알 수 없는 부채감으로 한참 동안 개가 멀어진 수풀 너머를 바라보았다. 그리고 그 발걸음이 어디로 향했을지 상상했다. 돌아갈 곳이 있다면 좋으련만.

●●

해가 나기 시작하자 아침까진 마음에도 없던 성산일출봉에 몸이 이끌렸다. 좀 있으면 일몰 시각인데 대체 왜 일출봉에 가고 싶다는 건가. 가보지 못한 곳도 아닌데 "그래도 성산까지 왔잖니…." 라며 내 몸이 나를 그리로 이끌어 가고 있었다. 무인 매표소에서 표를 끊자마자 다시 비가 내렸다. 키오스크에 대고 환불을 요구할 수도 없고 동종 업계 근로자를 귀찮게 하기도 싫어서 그냥 잽싸게 올라가 보기로 했다.

성산일출봉은 해발 180m에 불과한 작은 봉우리지만 오르는 경사가 무척 가팔랐다. 90m 지점에서 이온 음료를 샀다. 쉼터에 앉아 숨을 헉헉대며 여길 뭐 하러 왔나 후회하고 있는데 우비를 입은 대여섯 살배기 여자아이가 아빠 손을 잡고 성큼성큼 계단을 올랐다. 마흔아홉 살도 쉰다섯 살도 아니고 스물아홉 살 먹고 이게 웬 수치인가. 몸과 마음을 정비하고

다시 일어났다. 올라온 만큼 더 올라 정상에 도착하자 어느덧 비가 그쳐 있었다. 바다 건너 우도와 오목하고 드넓은 분화구, 성산과 구좌 일대와 그 너머까지 훤히 보였다. 세차게 부는 바람이 목뒤까지 파고들면서 땀을 식혀주었다.

하산길에는 또다시 비가 왔다. 우산 없이 후드에 달린 모자를 뒤집어 쓴 채 쫄딱 비를 맞았다. 이대로라면 꼬박 몸살 예약이었다. 거의 다 내려왔을 때쯤, 관광객들의 시선이(정확히 말하면 핸드폰 카메라가) 일제히 한 곳을 향해 있었다. 우도와 성산일출봉 사이의 바다 한가운데서 솟아오른 엄청난 크기의 무지개가 일출봉 뒤편까지 걸려 있었다. 심지어 쌍무지개였다. 나는 피곤함도 잊은 채 해안을 따라 이어진 데크길을 계속 걸었다. 무지개는 실체가 아닌 환각이라는데, 우리 모두가 환각을 공유하고 있다는 사실이 신비롭기만 했다. 성산 앞바다에는 쌍무지개가 걸려 있고 뒤편 성산읍으로는 해가 지는 풍경에, 우리는 그야말로 압도됐다. 저걸 보려고 몸이 나를 여기로 이끌었는지도 몰랐다.

인터넷 검색 한 번이면 아무 때고 몇 번이고 사진으로 볼 수 있는 풍경을, 인간은 왜 직접 자기 몸으로 겪고 눈으로 보고야 마는 것일까. 터질 것 같이 아팠던 허벅지의 감각, 한껏 달아오른 몸에 구원처럼 불어왔던 바람의 감촉, 구름 사이에서 바다를 향해 빔처럼 쏟아지던 햇살의 반짝거림, 그 모든 걸 직접 몸에 새기고 싶었던 걸까. 평면의 이미지들이 대체할 수 없는 사방의 아름다움. 그걸 아는 인간은 절대 자신의 육감으로 겪어낼 수 있는 진짜 경험을 포기하고 '대리만족'을 택하지 않을 것 같았다.

주차장 앞에서 파는 볼카츠 두 개를 사 하나를 입에 넣고 우물거리며 성산일출봉을 빠져나왔다. 입구부터 멀리까지 식당과 카페와 기념품 가게가 빼곡히 차려져 있었다. 이 작은 봉우리 하나가 거기 직접 오르려는 사람들의 욕망과, 아름다움을 느끼려는 감각과, 그곳을 지키려는 노력 모두가 더해진 채로 이 모든 사람을 먹여 살리고 있다고 생각하니 더 이상 작지 않아 보였다.

Day 14 차와 형식

어제의 성산일출봉에서 얻은 것은 무지개였고 잃은 것은 체력이었다. 일어나 보니 전날 비바람을 실컷 얻어 맞은 몸이 영 시원찮았다. 게스트하우스에서 조식으로 제공되는 우유와 시리얼을 말아 먹으면서 서쪽 책방에서 사온 이기호의 신작 소설을 읽고 있었다.

변변찮은 대학을 졸업하고 가난한 발자국으로 갓 사회에 들어선 두 남자의 이야기였다. 학자금 대출도 없고 직장이 없는 것도 아닌데 그들의 심정에 왜 자꾸 공감이 가는지 알 수 없었다. 변변찮은 출신 대학 때문인가..? 스쿨버스(?)를 타고 15분 이상 나가야 겨우 치킨집이나 편의점 하나 정도를 만날 수 있었던, 나의 시골 변두리 대학 생활이 소설 속 두 남자의 그것과 너무 닮아 있었기 때문인가..?

아무런 계획도 없이 이기호 특유의 병맛 유머에 키득거리며 로비에 앉아 있는 사이 투숙객들이 부지런히 체크아웃을 했다. 살가운 스탭이 그들의 행선지를 물어보자 성산일출봉, 섭지코지, 광치기 해변 등 제주 동쪽의 대표적인 관광지들이 튀어나왔다. 음 성산일출봉은 어제 갔고, 섭지코지도 아마 구구구구남친하고의 여행 때 갔던 것 같고, 광치기 해변? 물놀이 시즌도 아닌데 뭐.

그런데 한 남자가 체크아웃을 하면서 우도에 가겠다고 했다. 어제 내가 우도 얘기를 꺼내자 오늘은 날씨가 흐리니 더 좋은 날을 잡으라는 스태프의 말에, 배가 뜨는지 전화도 해보지 않고 냉큼 포기했던 우도. 실은 우도에 가기 위해 결정해야 하는 많은 것들, 몇 시에 어디에서 배를 타야 하고(우도는 그 작은 섬에 항구가 두 개나 있다.) 그 안에서 무슨 교통수단을 예약하고 어느 곳을 들르고 뭘 먹고 마실지 같은 것들을 결정해야 한다는 사실에 나는 잔뜩 스트레스를 받고 있었다. 차라리 계속 배가 뜨지 않기를 바랐다. 그러면 내가 안 간 게 아니고 못 간 게 되니까. 게다가 괜히 날씨가 안 좋을 때 입도했다가 못 나오면 어떡해! 난 오늘 진짜 비싼 리조트에 체크인할 예정인데! (이렇게 만사 귀찮은 사람이 대체 여행은 왜 다니고 있는 걸까?)

혼자 여행할 땐 나를 달래서 움직이게 하는 일이 가장 힘들다. 타인을 의식할 필요도 없고 어딜 가라는 사람도 오라는 사람도 없이 온전히 내 뜻대로 여행할 수 있다는 것이 좋아도, 그러다 보면 한없이 늘어진다. 그럴 때면 예전에 미국 동부여행에서 만난 한인 가이드가 해주었던 말을 떠올린다. 그는 나를 엠파이어 스테이트 빌딩 전망대에 데려다주면서 이렇게 말했다.

"갈 수 있을 때, 왔을 때 다 가 보세요. 내가 여기 이민와서 언젠가는 저 쌍둥이 빌딩에 꼭 가보겠다고 했거든요. 근데 테러가 났잖아요. 그 큰 빌딩에 테러가 날 줄, 그래서 그게 무너질 줄 누가 알았겠어요? 다음이라는 건 없어요. 지금 가야 돼요."

하루아침에 우도가 가라앉기라도 하겠나? 아니겠지만 그럼에도 때론 좀 욕심을 내야 할 때가, 무리를 해야 할 때가 있다. 다음으로 미뤄둔 것은 또다시 다음이 되기 쉽고 어떤 것도 나를 영영 기다려주지 않으니까. 동쪽에 머물 시간이 나흘 이상 남아 있었지만 왠지 나는 오늘 우도에 가지 않으면 안 될 것 같았다. 이왕 우도에 마음을 뺏긴 이상 꾸물거릴 시간이 없었다. 벌써 오전 10시가 넘어가고 있었다.

캐리어를 대충 꾸려 뒷좌석에 처박고는 5분 만에 성산항으로 내달렸다. 도항선을 타고 하우목동항에 내려 우도 협동조합이 운영하는 미니 투어버스에 몸을 실었다. 6천 원 주고 자유이용권을 사면 8~9군데의 주요 관광지에 버스가 정차할 때마다 내리고 싶은 곳에 내려 양껏 구경하다가 다른 버스를 타고 다음 관광지로 갈 수 있었다.

교통수단을 정하는 게 가장 골머리였는데 투어버스는 탁월한 선택이었다. 기사님들은 혼자 전동차나 자전거를 빌려 다녔다면 절대 알 수 없었을 우도의 숨은 이야기들을 친절하게 알려주셨다. 고작 6천 원으로 남이 운전해주는 차에서 꽁으로 우도의 역사까지 들을 수 있다니! 기사님은 정류장에서 승객을 태워야 하는데 버스에 꽉 들어찬 승객들이 내릴 기미가 없으면, 여기 안 보고 가면 후회할 거라고 겁을 주면서 은근히 하차를 유도하기도 했다. 기사님의 설레발에 나도 마음에 없던 정류장에 내려가며 우도를 둘러보았다.

서빈백사를 시작으로 훈데르트바서 박물관을 둘러보고 검멀레 해변으로 갔다. 관광객이 미어터지는 중국집에 들어가 짬뽕을 먹었다. 어느덧 여행 중반에 접어든 나는 어느덧 중국집에서 다닥다닥 붙어 앉은 옆자리 손님들에게 물은 셀프고, 계산도 선불이니 빨리 카운터에 줄부터 서시라고 오지랖도 부릴 줄 아는 넉살 좋은 여행자가 되어 있었다.

행여나 배를 놓칠까 봐 조금 서둘러 항구로 향했다. 작은 섬이라지만 다 둘러보기에 네다섯 시간은 좀 빠듯했다. 눈여겨 둔 우도의 작은 책방을 뒤로하고 다시 성산항으로 가는 배에 올랐다. 입도하는 배에는 갑판에 나온 승객이 많았는데, 출도하는 배에는 넋이 나간 표정으로 객실에 눕거나 기댄 승객이 더 많았다. 다들 배가 끊기기 전에 한 곳이라도 더 들러보겠다고 진을 뺐겠지.

나는 멀어지는 우도를 보며 배 뒤편 갑판에 서 있었다. 열 마리는 되어 보이는 갈매기들이 갑판 주위를 맴돌고 있었다. 한 갈매기가 마치 해수면에서 강한 바람이 몸을 받쳐주기라도 하는 듯 날갯짓도 없이 공중에 걸려 있다가, 갑자기 엄청난 속도로 해수면을 향해 돌진했다. 사냥을 하는 것 같은데 부리에는 들린 게 없었다. 배 밖으로 몸을 좀 더 내밀어서 보니 관광객들이 새우깡이나 짱구 같은 과자들을 쪼개 바다에 던지고 있었다.

갈매기들은 성인의 엄지손가락 크기도 되지 않는 과자 조각을 집어 먹으려고 해수면에 돌진했다가 물살에 휩쓸리곤 했다. 열댓 마리의 갈매기를 배불리기에 관광객들이 들고 있는 과자 두 봉지는 턱없이 부족해 보였다. 어느새 열에 받친 듯 갈매기는 더 이상 과자가 던져지길 기다리지 않고 관광객의 머리 위쪽에서 빠르게 강하하며 손끝에 집힌 과자를 낚아채 갔다. 손가락은 조금도 건드리지 않고 정확히 그 과자만을 부리로 콕 집어 가는 갈매기의 솜씨에 관광객들은 경탄했다. 엄청난 솜씨였다. 대자연에서 살아가려면 저 정도의 생존 능력은 있어야 한다니, 내가 인간인 게 나로서는 얼마나 다행인지 몰랐다.

선실로 들어가며 나는 잠시 희망했다. 갈매기들이 몇 조각의 과자 부스러기에 익숙해지지 않기를. 자연이 그들에게 부여한 기막힌 사냥 실력을 버려두고, 누가 던져주는 새우깡 따위에 만족하지 않기를, 저들이 가진 힘이 어떤 건지 잊지 않기를, 생생하게 펄떡이는 '진짜 먹이'를 잡아먹기를.

우도에서 나와 새로운 숙소에 체크인했다. 짐을 풀자마자 숙소에서 기본으로 제공되는 티 서비스를 예약하고 티 서비스 룸에 들어갔다. 독립된 고즈넉한 차실에 선생님과 마주 앉아 다기의 명칭과 사용법, 차 내리는 법을 배웠다. 찻자리에서 차를 내리고 그 자리를 이끌어가는 사람을 '팽주'라 하고 그의 곁에 둘러앉아 차를 받아 마시는 사람은 '팽객'이라 하는데, 다도에서는 찻자리의 호스트로서 팽주의 역할을 무척 중요하게 여긴다고 선생님은 말씀하셨다. 선생님이 나가신 후에는 나 홀로 팽주이자 팽객이 되어 선생님이 가르쳐주신 대로 차를 내려 마셨다. 내가 고른 것은 제주에서 자란 찻잎을 고온에서 볶은 녹차로 풍미가 무척 구수했다.

차를 대할 때면 떠오르는 날이 있다. 일을 시작한지 2년 차, 민원 업무를 보다가 새해부터 팀이 바뀌어 완전히 새로운 업무를 맡으면서 허둥지둥하던 때의 이야기다. 보고서를 쓸 일이 생겼다. 초안을 만들고 상사에게 보여주었다. 보고서 작성 업무를 처음이라 아마도 몇 번이고 피드백을 받고 수정해야 할 거라는 짐작은 했다. 그런데 당연히 내용이나 방향을 지적해 주리라 생각했던 나에게 돌아온 것은 형식에 대한 지적이었다. 글자체와 글자 크기, 문단 배치와 자간, 줄간격과 셀의 넓이, 또는 로마자 'I'가 들어간 정방형 배경 칸의 색을 회색으로 할 것인가 파란색으로 할 것인가 같은 문제들.

초짜였지만 딴에는 업무 지시가 떨어지면 일단 큰 틀을 짜서 방향을 확인 받은 후에 내용을 구체화하는 것이 합리적인 일의 수순이라고 나는 굳게 믿고 있었다. 형식은 마지막에 손보면 그만이라고. 만약 첫 단추가 글러먹었다면 그 내용을 휴먼고딕으로 썼는지 13포인트로 썼는지 줄간격은 170%인지 여부가 무슨 소용이란 말인가.

내용에 대한 피드백은 받지 못한 채, 이 줄을 위로 올리고 셀의 배경색을 다른 것으로 바꾸는 데에 시간을 쏟으면서 나는 이게 다 무슨 의미가 있냐는 볼멘소리를 삼켰다. 그러나 형식을 따지는 게 그만의 고집은 아닐 터. 나는 상사의 고집이 원칙과 형식에 매달리는 딱딱한 공조직의 원형(原型)을 그대로 보여주는 것만 같아서 더 슬퍼졌다.

그날 저녁 집으로 돌아와 홍차를 마시려고 물을 끓였다. 오늘은 왠지 티백이 아니라 잎차를 마시고 싶었다. 찬장에서 차 마실 때만 쓰는 잔을 꺼냈다. 비싸지는 않지만 잔의 손잡이와 입이 닿는 가장자리가 금테로 은은하게 둘리어 있는 예쁜 잔이었다. 세트로 산 작은 접시에 버터 쿠키도 몇 개 담았다. 붉게 우러난 홍차를 잔에 담고 쿠키와 함께 쟁반에 곱게 올렸다. 이리저리 구도를 맞추며 식전 의례처럼 사진을 찍던 나는 갑자기 사무실에서 했던 생각이 떠올라 머쓱해져 버렸다.

이게 다 형식이 아니면 뭐란 말인가.

차는 형식과 절차의 문화다. 물을 끓이고, 숙우에 담아 찻잎에 맞는 온도까지 식힌 후, 잎을 넣은 다관에 붓고, 우러나온 차를 다시 거름망으로 숙우에 옮겨 찻잔에 따른다. 차가 가장 맛있는 물의 온도를 맞추고 불순물을 거르는 등의 실용적 목적이 있다고는 해도, 차를 내려 마시는 모든 과정은 다소 의례적이고 진지함과 엄숙함이 따른다. 우려낸 차를 찻잔이 아닌 소주잔이나 맥주잔에 따라 마시지 않으며, 향이 좋다고 단숨에 한 잔을 다 들이키는 일도 없는 것이다.

공무원의 일은 형식으로 시작해서 형식으로 끝난다. 형식에 맞춘 공문서를 기안해서 어떤 시책을 펼치고 예산을 집행하고 완료 보고를 만들기까지, 모든 절차가 일정한 형식을 따른다. 그때의 형식이라는 건 일정한 법규에 들어맞는다는 의미일 때도 있지만 그 과정에서 생성되는 문서 안의 자잘한 폰트나 자간을 따위를 의미할 때도 있다.

어느덧 5년 차. 면에서 본청으로 부서를 옮긴 후 수도 없이 공문을 올리고 요약 보고를 만들었다. 여전히 그릇보다 중요한 건 음식이라고 믿지만, 가끔 음식에 자신이 없을 땐 나도 모르게 그릇에 손이 간다. 첫인상이 예뻐서 나쁠 일은 없다며 이것저것 손을 댄다. 테이블 매트라도. 쟁반이라도. 수저와 젓가락이라도. 좋은 형식에 좋은 내용이 담기면 밥 위에 떡이고 비단 위의 꽃이리라. 하지만 매번 그렇게 나이스한 직원일 자신은 없다. 때로는 형식 뒤에 숨고 싶기도 하다.

Day 15 아나하타

어제와 오늘 이틀간 지낼 숙소는 차와 명상을 메인으로 하는 작은 리조트로, 서귀포시 성산읍 오조리에 있었다. 숙소값은 비쌌지만 숙소 예약만으로 요가 수련과 명상, 다도 프로그램을 무료로 이용할 수 있어서 요가인들은 물론이고 빡빡하고 번잡스러운 여행에 지친 사람들에게 인기가 좋았다. 비싼 돈을 지불했으니 거기 포함된 모든 서비스를 다 누리겠다는 생각으로 새벽부터 일어나 명상과 요가를 하고 조식을 먹었다. 쉬러 온 건지 수련회를 온 건지, 과분한 것들 앞에서 자꾸 악착스러워지는 내가 조금 싫었다.

제주특별자치도 누리집의 마을 소개란을 보면 "산 앞바다 일출봉 건너에서 떠오른 해가 햇살을 펴면 가장 먼저와 닿은 마을"이라는 뜻에서 오조리(吾照里)라는 이름이 붙여졌다고 나와 있다. 실제로 숙소 침대에 누워 있으면 바다 건너 우도와, 은총처럼 바다를 내리쬐는 아침 해를 볼 수 있다. '吾' 자에 '나'라는 뜻이 있어 '오조'는 곧 '나를 비추어 본다'는 뜻도 된다고 하니 명상 센터가 들어서기에 제주에서 이보다 더 적절한 곳도 없어 보였다.

오늘은 숙소에서 제공하는 프로그램을 충실히 수행하며 움직임을 최

소화하기로 했다. 투숙객 누구라도 따라 할 수 있는 정적인 요가 수업은 하타 요가에 익숙한 나에게는 다소 심심했지만, 처음 제대로 접해본 명상은 기대보다 더 좋았다. 신비주의적이고 사변적인 수행이라 개신교 신자인 나와는 잘 맞지 않을 거라던 지레짐작과 다르게, 침묵 속에서 고요히 나 자신에게 집중하는 동안 깊은 평온을 느낀 거다.

●●

온종일 숙소에만 있으니 좀도 쑤시고 배가 고파 근처 종달리로 나섰다. 종달리, 종달리. 어쩐지 귀엽게 느껴지는 이 마을의 이름은 '동쪽 가장 끝에 있는 동네'를 뜻한다. 뭔가 가벼운 게 먹고 싶었다. 종달리만큼 귀여운 이름의 카페에서 떡볶이(엄마에겐 미안하지만)를 팔길래 그리로 가 보았다. 굽이진 골목 안쪽에 자리한 작은 카페. 바다는 보이지 않지만 면마다 난 너른 창으로 볕이 가득 들고, 의자마다 등받이가 있어서 모처럼 아늑했다.

골목길이 내다보이는 창가 자리에 앉아 떡볶이를 먹으며 이기호의 소설을 마저 읽었다. 자극적이지 않은 양념이 달착지근하고 맛이 좋았다. 창밖 카페 건너에는 구멍가게 슈퍼 하나가 있었다. 동네 할머니 한 분이 가게로 다가서 미닫이문을 열자 주인 할머니가 나왔다. 그리고 무어라 말을 주고받더니 주인 할머니가 아직 영업시간이 남은 슈퍼 문을 잠그고 다른 할머니를 따라나섰다. 조금 후 남자아이 두 명과 그들의 엄마로 보이

BOOKS

는 여자가 슈퍼 앞을 서성였다. 꼭 사야 할 물건이라도 있는 건지 할머니가 금방 돌아오리라 믿었는지 문이 닫힌 걸 확인하고도 한참을 떠나지 않았다.

한참 소설은 '진만'의 가출로 무르익고 있었다. 그때 어디선가 난데없이 고양이 한 마리가 솟아나서는 창문 높이까지 성큼 뛰어오르더니, 내가 앉은 자리의 창문틀에 사뿐히 착지했다. 주인 내외가 키우는 고양이인지 소스라치게 놀란 나를 보고 아저씨가 고양이를 혼냈다.

"반갑다는 인사를 그렇게 하면 안 되지!"

말은 혼내는 척인데, 고양이의 그 못돼 먹은 정신세계마저도 귀엽다는 눈치 였다. 소설의 마지막 장을 덮고 잘 먹었다는 인사와 함께 카페를 나섰다.

●●

숙소에서 저녁 요가 수업을 기다리다 집에서 걸려 온 전화 너머로 달갑지 않은 소식을 들었다. 여행 내 허공에 들려 붕 떠 있던 몸이 바닥으로 내려앉는 느낌이었다. 그래, 한동안 조용했지. 그 소식은 나에게 이렇게 말하고 있는 듯했다.

잠시 떠나가도 소용없어. 그런다고 네 인생의 원점이 변하지는 않을 테니까. 혼자 비싼 숙소에서 세상 만사와 무관한 사람인 척, 명상하고 요가하고 차 마시면서 잠깐 그런 삶이 어울리는 사람이라도 된 줄 알았겠지. 하지만 넌 돈 떨어지면 직장으로 가야 하고 여행이 끝나면 집으로 돌아가야 해.

잘 봐. 이게 네가 가진 인생이야.

단전부터 끓어오르는 게 분노인지 수치인지 슬픔인지 알 수 없었다. 이런 마음 상태로 요가를 할 수 있을까. 차분히 집중할 수 있을까. 아니다. 냉정하게 생각하자. 지금 내가 할 수 있는 일은 그냥 하려던 일을 그대로 하는 것뿐이야. 당장 배를 타고 집으로 돌아갈 게 아니라면. 나는 핸드폰을 멀리 밀어두고 수련실로 들어갔다. 지도에 집중하며 천천히 몸을 움직였다. 모든 것은 마음의 문제이며, 그 마음은 내 안에 있다고 선생님은 말했다. 그리고 마음이 괴롭고 힘들 때면 '아나하타'라고 소리 내어 말해 보라고 했다.

'아나하타'는 산스크리스트어로 '상처받지 않은', '온전한'이라는 뜻을 가진 단어라고 한다. 나는 인간에게 상처를 취사선택할 수 있는 능력이 있다고 믿는 쪽이다. 가능하다면 스스로를 상처투성이인 너덜너덜한 영혼으로 여기기보단 상처받지 않은 영혼, 온전한 영혼으로 여겨보려 하지만 오늘 같은 날은 쉽지 않았다. 때로는 사람의 모진 말과 행동만이 아니

라 나를 둘러싼 환경과 내게 벌어지는 우연한 사건들까지도 상처가 되고, 온 세상이 나를 적대하는 것만 같다.

"아나하타, 아나하타, 아나하타."

스스로에게 주문을 걸듯이 읊조려 보았다. 달라진 것은, 아니 달라지기로 한 것은 오직 내 마음 하나인데 이상하게 평온이 찾아 들었다. 선생님의 말씀대로 모든 것은 마음에 달려 있고 그 마음은 내 안에 있다면, 내가 내 안에 있는 것만 내 뜻대로 다룰 수 있다면, 모든 것이 괜찮아질 것 같았다.

왜 세상의 좋은 것들은 이렇게 죄다 올갱이 같을까. 애써 올라가서 단숨에 하강하는 미끄럼틀 같을까. 공들여 세워서 한순간에 무너지는 도미노 같을까.

{ Chapter 5 }

구좌읍

Day 16 병든 인간만이 책을 읽는다.

성산을 떠나 월정리로 옮겨가는 날. 어제 다녀온 종달리의 분위기가 마음에 꼭 들어서 종달리 구경을 더 했다. 북카페에 한참 늘어져 책을 읽다가 같은 동네의 책방에 들렀다. 첫 책을 거래했던 곳이고 두어 번의 재입고 물량까지 소진해준 곳이라 창작자로서 고마운 기억이 있는 책방. 하지만 벌써 3년이나 흐른 일이다. 메일로 주고받은 이름들을 다 기억할 수 있을 리도 없고 굳이 내가 그때의 나라고 드러내는 것도 우스울 것 같아 조용히 『익명의 독서 중독자들(이창현 저)』이라는 웹툰 한 권을 사서 나왔다.

이 여행기에는 이렇게 밥 먹고 커피 마시고 읽고 쓰고 자고 다음 날 또 밥 먹고 책 사고 커피 마시고 읽고 쓰고 자는 얘기밖에 없다. 누가 보면 독서 중독자의 여행이라고 하겠지만 과연 이 정도로 중독자 반열에 들 수 있을까? 좀 전에 산 웹툰에 등장하는 다섯 명의 독서 중독자들에 따르자면 아직은 아니다. 일반 독자와 중독자를 구별하는 기준인 '완독에 대한 집착'을 버리지 못했기 때문이다.

자기계발서를 경멸하고 인문과 고전을 탐독하는 이 독서 중독자들은 좋은 책을 감별하는 몇 가지 기준을 제시한다. 저자 소개와 역자 소개만으로도 양서 여부를 가늠할 수 있다거나, 원전과 목차를 대조해보면 잘된 번역서인지 판단할 수 있으며, 서문이 일목요연할수록 좋은 책이라는 식이다. 버릴 것 없는 조언으로 가득하지만 "사자가 위장에 탈이 나면 풀을 먹듯이 병든 인간만이 책을 읽는다"는 강유원의 문장으로 첫 장이 시작되는 만큼 이 책에 등장하는 다섯 명의 독서 중독자는 공통적으로 사회부적응자에 가깝게 그려진다. 멀쩡한 인간들이 책을 읽다 병드는 건지, 병든 인간이 책을 읽게 되는 건지는 알 수 없지만 여하간 독서 내공과 매끄러운 사회성은 한 집 안에서 자랄 수 없다는 게 이 책의 전제라고 봐도 틀리지 않을 거다.

수년 전 저자들은 2022년에 독서가 '디지털 노마드'의 필수품이 될 것을 예측했는지, 첫 장에 노마드라는 인물을 등장시킨다. 그는 첫 모임에서 자기계발서를 즐겨 읽는다고 말했다가 문전박대를 당하고, 어느 날엔 호기

롭게 에드워드 카의 명저 속 문장을 틀리게 인용했다가 쫓겨난다. 그는 매일 아침 거울을 보며 자기 확언을 하고 출근 전 아침 일기를 쓰며, 이미지 연상법으로 식스팩 만들기에 도전하는 성실하고 긍정적인 현대인이다.

그런 그가 "거룩한 독자들의 대열 속으로 들어"갈 날을 고대하며 역사서에 도전하고 "입문의 통곡"으로 눈물을 흘리는 장에 이르면, 독자는 문득 독서의 본질이 무엇인가에 대한 의문에 휩싸인다. 저자들은 독서가 인식을 확장하고 자아를 도끼로 깨부수는 수단이 되기보단 은근한 자기 비하와 희화화의 탈을 쓴 채 스스로를 타인과 구별하고 수단으로 더 유용하게 쓰이기도 한다는 걸 암암리에 드러내고 있기 때문이다.

●●

독서 기록을 위해 인스타그램을 시작한 지 어느덧 5년이 넘었다. 그동안 나 정도 읽는 사람은 천지삐까리라는 걸 알게 됐고, 그보다 더한 독종들은 물론 이 책에나 나올 법한 중독자들도 몇몇 만날 수 있었다. 한때 랜선으로 맺어지는 관계를 불신했지만 결국 그 너머에는 사람이 있으니 하기 나름으로 얼마든지 깊어지고 끈끈해질 수 있다는 것도 알게 됐다. 그렇게 만난 귀한 인연이 한둘이 아니다.

인스타그램에서 누군가를 팔로잉할 때는 기준 두 가지를 세워 두었다. 읽는 책의 장르가 비슷해야 하고, 자기 언어로 책을 다시 소화하는 사람이어야 한다는 것. 매일 사방에서 입력이 쏟아진다. 누군가의 글을 정성 들여 읽고 진심으로 반응하는 일이 점점 더 힘들어진다. 무엇을 보고 무엇을 들을지 통제하지 않는다면 누구의 글도 진정으로 읽을 수 없을 것이고 누구와도 진실하게 마음을 나눌 수 없으리라.

나름의 합리적인 이유가 있다고 해도 실은 갈수록 편협해지는 관계가 걱정스럽다. 점점 나와 닮은 사람만 좋아하게 되고 닮을 것이 있는 사람만 찾게 된다. 자기계발서를 맹신하는 사람들의 무한한 긍정성을 견딜 수 없고, 막연히 모든 게 다 좋아질 거라고 말하는 힐링 에세이가 독서의 전부인 사람들과 유의미한 대화를 나눌 자신이 없다. 베베 꼬지 않고 말하자면 정말 그렇다. 이런 마음은 유연해지기보단 점점 더 공고해지기 쉬울 것이다.

여행 동안 약 열 권의 책을 읽었다. 하기야, 풍경을 담아도 모자란 시간에 책에 파묻혀 있는 병든 인간과 가까워지고 싶은 사람이 얼마나 있을까. 넓어지려고 읽는 책인데 자꾸만 좁아져 간다. 잘하고 있는 일인지 모르겠다.

●●

월정리에서 묵게 될 숙소는 독특했다. 요즘 여행객들이 좋아하는 새하얀 호텔식 침구와 모던한 인테리어 대신, 방마다 다른 컨셉의 알록달록한

침구로(어떤 방에는 헬로키티가 그려진 핑크색 이불이 있었다!) 꾸며져 있었다. 왠지 모르게 아늑한 분위기가 마음에 들어 예약했지만 사실 가장 큰 이유는 1인 숙소치고 저렴한 가격 때문이었다. 게다가 방마다 주인이 수집한 CD와 책이 있다니! 이보다 좋을 수는 없었다.

방에 들어가자 플레이어에서 웰컴송으로 이소라의 4집 앨범이 흘러나오고 있었다. 요청사항에 적어 둔 감귤 무늬 이불은 깔려 있지 않았지만 지금까지 머문 어느 숙소보다 아늑하고 편안했다. 안 그래도 아침부터 몸이 으슬으슬했는데, 나처럼 추위에 취약한 사람들을 위한 것인지 숙소 침대에는 벌써 전기장판이 깔려 있었다. 어제는 가장 좋은 숙소에서 가장 건강한 음식을 먹고 양껏 쉬었던 날인데, 몸이 힘든 이유를 생각해보니 하나밖에 없었다. 버거웠던 마음. 침대에 들어가 장판 온도를 올리고 등을 지졌다.

문득 사나흘에 한 번씩 숙소를 옮겨가며 서울 면적의 세 배가 넘는 섬을 한 바퀴 돌아보겠다는 계획이 무모하게 느껴졌다. 한 도시를 깊이 누려보는 '한달살이'가 유행이라는데 애매하게 3주는 또 뭔지, 진득하니 한 군데 머무는 것도 아니고 메뚜기처럼 이리저리 옮겨 다니며 뭘 하러 다니는 건지. 애초부터 내게는 과분한 여행이었을까. 육지에 두고 온 삶은 여전히 엉망인데. 예약한 숙소들만 아니면 여기서 여행을 멈추고 돌아가고 싶었다. 에어비앤비 메시지 창을 열었다가 몇 자 치고 지웠다. 배는 자주 뜨지 않으니 비행기가 빠르겠지. 비행기를 타고 돌아가면 차는 어떻게 하지. 탁송을 해야 하나… 마음은 끊임없이 지금 여기에 머물지 못하고 부유했다. 한참을 장판 위에 누워 있었다.

트랙이 '제발'에서 다시 '제발'까지 한 바퀴를 다 돌았다. 나는 몸을 일으켜 CD장 에서 자우림의 앨범을 꺼내 돌렸다.

때로 너의 꿈은
가장 무서운 거울이라
초라한 널 건조하게 비추지
너의 꿈은
때로 마지막 기대어 울 곳
가진 것 없는 너를 안아주는
간절히 원하는 건 이뤄진다고
이룬 이들은 웃으며 말하지
마치 너의 꿈은 꿈이 아닌 것처럼

'꿈'이 흘러나오자 온 세상이 내 꿈을 가로막기라도 했던 것처럼 서러워졌다. 그런데 정말 그랬던가. 꿈이 있기는 했나. 간절히 원하기는 했나. 그게 없으면 안 된다고 바짓가랑이 잡고 늘어져 보기는 했나. 그걸 이루지 못하면 내 삶은 아무런 의미가 없다고 할 만한 무언가가, 있기는 했나.

4년 전 봄에 쓴 책에는 정시에 퇴근해서 읽고 보고 쓰고 사는 삶이 꿈이라고 했고, 3년 전에 쓴 책에는 더 많이 읽고 보고 쓰고 싶다고 했다. 한동안은 원하던 대로 살았다. 책에 쓰진 않았지만 바라던 대로 서른 살 전에 독립했고 그리 늦지 않게 승진도 했다. 그게 다 꿈이었다면 난 꿈을 다 이룬 셈인데 왜 이 노래만 들으면 아직도 청승인지. 굳건한 차벽에 가로막힌 적은 없지만 작은 돌부리에만 걸려 넘어져도 이 길이 옳은지 망설이는 사람이 나이기 때문일까.

기우는 기분을 달래야 했다. 숙소 동네에 하나 있는 약국이 문을 닫기 전에 잰걸음으로 찾아가 몸살약을 사 먹었다. 건성으로 지나쳐 온 월정리 해변을 그제야 찬찬히 살펴보았다. 날이 아직 밝아서인지 서핑 중인 사람들이 보였다. 요 며칠 쌀쌀했던 기온이 훅 올라 바닷바람조차 훈훈했다. 서핑을 해 본 적은 없지만 거 참 바다 가르기 딱 좋은 날씨네, 싶었다. 저녁으로 먹을 타코를 포장해 돌아오는 길, 방금 몸살약을 먹었다는 것도 잊어버린 채 나는 홀린 듯 서핑샵에 들어갔다.

"저희 숙소 사장님이 여기서 서핑하면 할인해 줄 거라고 하던데."

나는 숙소와 서핑샵 간의 제휴 혜택까지 꼼꼼히 챙겨가며 본다이 비치에서조차 도전하지 않았던 서핑 강습을 예약하고 숙소로 돌아왔다.

Day 17 서핑과 올갱이의 닮은 점

어제 왜 그랬을까? 일어나자마자 또 후회다. 수영도 못하면서 무슨 서핑을 하겠다고. 서핑은 구명조끼도 안 입고 한다는데 이러다 오늘 죽는 건 아닐까? 괜히 너무 멀리까지 나갔다가 먼바다로 밀려 나가면 어쩌지? 직원이 구해주겠지? 아니면 다른 서퍼라도? 걱정도 가지가지다.

대충 입고 벗기 좋은 옷을 찾아 걸치고 서핑샵으로 갔다. 어제 예약할 때 보았던 테리우스 머리의 아저씨는 없고, 물에서 사는 사람일 거라고 확신할 수 있을 만큼 짙게 그을린 피부색의 젊은 남자 강사가 앉아 있었다. 나와 같은 시간에 서핑을 예약한 사람은 내 또래의 여자 한 명뿐이었다. 우리는 탈의실에서 서로 난생처음 입어 보는 바디수트의 지퍼를 올려주면서 동지가 있어 다행이라고 안도했다. 추운 게 세상에서 가장 싫은 나는 수트를 두 개 껴입느라 더 힘들었다. 강사는 지금까지 한 번도 두 개를 입히고 강습을 한 적은 없지만 그래도 한번 해보자고 했다.

환복을 하고 나오자 강사는 우리를 의자에 앉히고 앞에 놓인 장의자에 서프보드를 올려놓은 채 강습을 시작했다. 서핑이란 어떤 운동인지부터 보드의 부위별 명칭은 무엇이고, 준비 자세는 어떻게 취하는지, 서핑을 즐길 때는 뭘 조심해야 하는지 생각보다 꼼꼼히 알려주었다. 보드 바닥의 핀에 얼굴이 찢어지고 손가락이 잘릴 수도 있다고, 아무리 잘 타는 사람에게도 바다라는 통제할 수 없는 자연에서는 어떤 일이든 일어날 수 있다고 겁도 잔뜩 주었다. 목숨이 달린 일이라 한 마디도 놓치지 않고 경청했지만 잘할 수 있을지 자신이 없었다.

보드를 머리에 이고 바다로 나가는 순간부터 보드의 무게에 팔이 아팠다. 서퍼들처럼 이걸 매일같이 이고 지고 다니면 웨이트가 필요 없을 것 같았다. 어느새 모래사장에 나타난 테리우스 머리 아저씨가 해변을 배경으로 보드를 세워보라고 하더니 전문가용 카메라로 사진을 찍어 주었다. 서핑 강습에 포함된 서비스라지만 온몸의 라인이 처참하게 드러난 수트를 입고 한껏 청량한 척 포즈를 취해야 한다는 게 굴욕스럽게 느껴졌다. 얼떨결에 남의 하드디스크에 흑역사를 남기고 있었다.

보드를 발과 연결하고 서툰 패들링으로 바다를 향해 나아갔다. 밀려드는 파도에 함께 넘실대면서. 깊어지는 수심에 겁이 나기 시작할 때쯤, 전진을 멈추고 보드를 해안가 방향으로 돌렸다. 몇 번의 파도를 보내고 강사가 뒤에서 보드를 힘껏 밀어주자 배운 대로 팔을 세우고 다리를 당겨와 일어섬과 동시에 나는 물속으로 고꾸라졌다. 한 번에 될 리가 없지! 미역처럼 들러붙은 머리와 보드를 정렬하고 다시 바다로 걸어 들어갔다. 모래사장에서 우리의 강습 과정을 찍고 있던 테리우스 아저씨는 두 번째 시도에서 똑같이 넘어지는 나를 보며 큰 소리로 외쳤다.

"바닥을 보지 말고 정면을 봐요! 아주 멀리 있는 간판을!"

당겨온 발이 보드의 중앙에 있는지, 발바닥의 각도는 올바른지 저는 확인을 해야 한단 말입니다. 그런데 어떻게 바닥을 보지 말라는 건지. 말은 쉬운데 그게 어디 말처럼 되나요. 초심자는 이해할 수 없었다. 세 번째 시도에서 기적처럼 몇 초간 몸이 균형을 잡고 일어섰다. 얼마 못 가 다시 고꾸라지긴 했지만, 처음으로 보드 위에 서서 포세이돈처럼 바닷물을 타고 움직였던 그 짧은 순간은 그야말로 희열이었다. 테리우스 아저씨가 해안가에서 엄지를 세우고 있었다.

바로 이 맛이구나. 이 기분을 잊을 수 없어서 사람들은 서핑에 미치는 거구나. 다시 바다로 들어가며 내가 출발한 곳보다 훨씬 먼 바다까지 파도를 만나러 나간 수십 명의 서퍼들을 지켜보았다. 어제까지는 멋져 보였는데 오늘 다시 보니 행복해 보였다. 서핑이 좋아서 직장을 그만두고 제주도에 정착했다는 서퍼들도 이해할 수 있을 것 같았다. 일단 일어선 후에는 아저씨의 말처럼 멀리 정면을 응시하고 있으면 신기하게도 별다른 노력 없이 균형이 잡혔다. 곡예에 가까운 일이라고 생각했는데 정해진 요령대로만 한다면 아주 어려운 일은 아니었다.

내가 먼저 일어서기에 성공하자 내 뒤를 이어 출발한 동료가 조바심이 났는지 왜 나만 안 되는 거냐며 울상을 지었다. 나는 이제 막 일어선 주제에 무슨 말이라도 거들고 싶어서 테리우스 아저씨의 말을 그대로 전해주었다.

"앞만 보래요! 바닥 보지 말고!"

그다음 차례에 바다로 돌아 들어가면서 그녀가 보드 위에 일어선 채 밀려오는 모습을 보았다. 나는 양손 엄지를 힘껏 세워 축하를 전했다.

물의 저항력을 뚫고 바다로 들어가는 시간, 좋은 파도를 기다리는 시간에 비하면 파도를 타는 순간은 너무 짧다. 안되는 패들링으로 버둥거리며 나아가서 기껏 몸을 실었는데 일어나지도 못하고 파도의 힘에 해안가까지 떠밀릴 때면 얼마나 허망하던지. 어릴 적 집에서 삶은 올갱이('다슬기'의 충청도 방언. 이 추억이 쌓인 시절의 나는 충청도에 살고 있었다.)를 두고 가족들과 모여 앉아 살을 발라내던 기억이 떠올랐다. 동그란 입구에 바늘을 사선으로 꽂아 넣고 올갱이를 살살 돌리다 보면 노랗고 푸르뎅뎅

한 살이 쏙 빠져나오는데, 그 크기가 너무 작아서 십여 개는 발라내야 겨우 한 숟가락 먹을 양이 되곤 했다. 겨우 바늘이나 이쑤시개에 한 줄 꿰어도 입에 넣으면 깜짝할 새 사라졌다. 그럴 때면 엄마는 말했다.

"까는 건 한참인데 먹는 건 순간이라 허망하지?"

왜 세상의 좋은 것들은 이렇게 죄다 올갱이 같을까. 애써 올라가서 단숨에 하강하는 미끄럼틀 같을까. 공들여 세워서 한순간에 무너지는 도미노 같을까.

강습 후 자유 서핑 시간이 주어졌지만, 우리는 이미 지칠 대로 지쳐 있었다. 안 쓰던 근육을 쓰자 구석구석이 쑤셔왔고, 두 개나 겹쳐 입은 수트 때문에 몸이 답답하고 무거웠다. 얼굴에 난 모든 구멍으로 들이마신 짠물로 눈과 코도 너무 아팠다. 더 타라고 하루 종일 보드를 빌려준다고 해도 이제는 사양하고 싶었다. 방전된 나와 동료는 물에 젖어 처음보다 훨씬 무거워진 보드를 들고 서핑샵으로 돌아갔다. 낑낑거리며 걷는 우리 둘의 발목에는 보드와 몸을 연결하는 스트랩이 달려 있어서 꼭 벌을 받으러 끌려가는 사람들처럼 보일 것 같았다.

며칠 후 서핑샵에서 단체 톡방을 개설해 강습 사진을 보내주었다. 내 사진을 골라내 저장하면서, 서프보드 위에 일어선 모습을 동네방네 자랑하려던 마음도 깊은 곳에 묻었다.

서핑에 지친 몸으로 하루를 났다. 숙소로 돌아가는 해질녘, 해안도로를 달리다 김녕 해변에 차를 세웠다. 트렁크에 챙겨 온 캠핑 의자를 모래사장 위에 펼치고 앉아 황정은의 소설 『백의 그림자』를 읽었다.

해변 주차장에서 각각 흰 드레스와 검은 수트를 입은 남녀, 카메라를 든 남자가 함께 차에서 내렸다. 그들은 해안 가까이 자리를 잡고 사진을 찍기 시작했다. 웨딩사진을 찍으러 온 모양이구나, 생각하는 순간 갑자기 비슷한 무리의 남녀가 둘, 셋, 넷, 다섯 팀 이상 보이기 시작했다. 여기에도 저기에도 온통 비슷한 옷차림의 남녀가, 그 앞에는 카메라를 든 남자 또는 여자가 서 있었다.

누군가와 평생을 함께하겠다는 혼자만의 다짐이든, 내가 너의 곁을 언제나 지키겠다는 약속이든, 나는 그 어느 것도 자신이 없는 사람이라 그들을 경탄의 눈빛으로 바라볼 수밖에 없었다. 대체 어떤 힘이 저들을 그토록 강하게 묶어주고 있는 건지, 얼마나 단단한 마음을 가져야 서로를, 아니 자기 자신을 믿을 수 있게 되는 건지. 30대가 목전으로 다가오고 결혼식에 출석하는 일이 늘어날수록 나는 하객석에 앉아 진심으로 모든 신랑과 신부를 존경하게 되었다.

RAWROW

철거 직전의 전자상가에서 일하는 두 사람이 있다. 두 사람은 숲에서 길을 잃고, 자신의 일어선 그림자를 따라가려던 여자(은교)를 남자(무재)가 붙잡는 것으로 소설은 시작된다. 그림자가 일어서는 일은 은교만의 환상이 아니라 소설 속 세계의 인물들이 삶의 고비마다 공통으로 마주하는 현상이다.

무재의 아버지가 빚의 이자와 아홉 식구의 생활비를 벌며 벅찬 노동을 이어갈 때, 여씨 아저씨의 친구가 미국에 살고 있는 딸로부터 수모스러운 말을 들었을 때, 그들의 그림자는 기다렸다는 듯 일어선다. 그림자는 묘한 인력이 있어 자꾸 사람을 잡아당기지만 맥없이 그림자를 따라가는 사람은 미치거나 죽어버린다. 그림자는 점점 짙어지고 자라나게 된다고, 그러니 또한 정신을 바짝 차려야 한다고, 여씨 아저씨는 숲에서 자신의 그림자가 일어났던 사실을 고백하는 은교에게 말해준다.

소설의 말미, 삼만 원 주고 넘겨받은 무재의 낡은 중고차는 인적도 불빛도 드문 섬에서 멈춰버린다. 차를 버려두고 나루터를 향해 걷는 두 사람 뒤로 누구의 것인지 모를, 아마도 무재의 것일 그림자가 뒤따르는 것을 은교는 본다. 그러나 서로의 손을 맞잡고 어둠에 잠긴 길을 걷는 은교와 무재는 더이상 그림자 따위를 두려워하지 않는, 무재가 뜬금없이 불러 보자고 권한 '노래'로 하여금 어둠을 몰아낼 수 있는 사람들이 되어 있었다.

책을 덮고는 생각했다. 이 정도의 마음이어야 한다고. 평생 누군가의 곁을 지키겠다는 약속을 위해서는 딱 이정도의 마음이 필요하다고. 그러니 언젠가 빛으로 환한 누군가의 표면이 아니라, 바닥으로 낮고 길게 늘어선 그 그림자를 볼 수 있게 되는 날이 오면, 일어선 그림자를 따라가려는 그의 소맷귀를 붙잡고 싶어지는 날이 오면 그때 나도 비로소 저들과 같은 사진을 찍겠다고.

{ Chapter 6 }

조천읍, 다시 제주시

그러나 또 이곳에서 다짐한 것은, 마음 바뀌면 언제 그랬냐는 듯 방향을 틀면 된다는 것. 다만 내가 그리할 수 있는 인간이기를 기도하는 수밖에.

Day 18 사랑이라는 이유로

월정리를 떠나 함덕으로 가는 날. 숙박 기간 중 커피 한 잔을 서비스로 주신다고 했던 말이 생각나 사장님께 문자를 보냈다. 실은 커피를 먹고 싶어서가 아니라 사장님과 이야기를 나눠보고 싶었기 때문이다. 사장님의 흔쾌한 수락에 짐을 정리해 두고 3층으로 올라갔다. 바 테이블에 앉아 사장님이 내려 주신 핸드드립을 마시며 도란도란 이야기를 나누었다. 숙소 이름을 대고 서핑 강습을 할인 받은 일부터, 사장님이 없는 저녁 동안 투숙객들끼리 벌인 모히토 파티에 대해.

메뉴판에는 싱어송라이터인 사장님이 발매한 CD의 금액이 적혀 있었다. 1집부터 4집까지는 5천 원. 5집은 1만 원. 그간 4집 가수로서 쌓아 올린 경력과 부쩍 오른 최저임금을 반영한 듯했다. 카페 다락방으로 올라가는 계단 칸칸에 펼쳐진 CD 내지에 수록곡 가사가 적혀 있었다.

멜로디는 몰라도 진실하고 과감한 가사들이 마음에 콕콕 박혔다. 조금이 아니라 많이 고민하며 산 사람, 자기 삶에 아주 진실하게 산 사람이라는 걸 몇 줄의 가사만으로도 알 수 있었다. 소장 가치가 충분한 음반이라는 생각에 몇 장을 사려 했다. 그러나 메뉴판에 적힌 'CD 사면 노래 세 곡 라이브'라는 문구를 보고 나는 마음을 접어야 했다. 아저씨의 노래 실력을 의심해서가 아니다. 투숙객이 다 떠난 카페에서 유일한 관객이 되어 오로지 나만을 위한 노래를 듣게 되는 상황을 도무지 감당할 수가 없었기 때문이다. 그렇다고 CD는 사겠지만 노래는 굳이 안 불러 주셔도 된다고 말할 수는… 더더욱 없었다(사장님 저는 정말 CD가 사고 싶었어요.).

8년 전 가족과 함께 제주도에 정착했다는 사장님도 한때는 나와 같은 공무원이었다고 했다. 공무원이었다면 돈이 많았을 리가 없을 텐데, 실제로 건물과 땅은 대부분이 대출이고 숙소로 얻는 수입은 이자만 겨우 감당하는 수준이라고 했다. 하지만 사장님의 얼굴에는 자그마한 불안도 보이지 않았다. 남다른 사람일 거라는 예측대로 그는 아내와 결혼 후 한 번도 양가 집안 경조사를 챙겨본 적이 없다고 했고, 50줄에 접어드는 나이에도 자가용이 없어서 제주시로 댄스 학원에 갈 때는 버스를 탄다고 했다. 몇 없는 취미인 농구는 공만 있으면 되고, 서핑은 보드만 있으면 바다가 공짜라 유일하게 돈이 드는 건 요즘 재미를 붙인 춤뿐이라고 했다.

사장님은 요즘 새롭게 배우기 시작한 '바차타'라는 춤에 관해 설명하다가 내가 흥미를 보이자 바차타 스텝을 가르쳐주겠다고 했다. 아까 메뉴판에 바차타, 살사 베이직 스텝 배우기는 10분에 5천 원이었다. 공짜를 놓칠 수 없었다. 사장님은 제이슨 므라즈의 'Bella luna'를 틀었다. 즐겨 들었지만 춤을 출 수 있는 곡이라고는 생각지 못했던, 그러나 실은 춤과 무지 잘 어울리는 그 곡에 맞춰 사장님과 스텝을 밟았다. 조금 엉기기는 했지만 처음 치고는 나쁘지 않았다. 커플이 추는 댄스 대부분이 그렇지만 바차타는 특히 남자의 역량으로 여자를 돋보이게 만들어 주어야 하는 장르라고 했다. 그러니 상대에게 좋은 파트너가 되어주려면 취미라고 게을리 출 수 없다고.

중학교 시절의 절반을 댄스 동아리에서 보냈다. 이제는 나조차 어색한 사실이긴 하지만, 어쨌든 춤과 거리가 먼 사람은 아니었던 셈이다. 수업이 끝나면 친구들과 학원이 아니라 시 청소년 수련원의 지하연습실에 갔고, 환기가 되지 않아 퀴퀴한 연습실에서 땀을 흘린 후에는 컵라면을 먹곤 했다. 한 달마다 시에서 여는 청소년 축제에 꼬박꼬박 참여하고, 인근 고흥에서 열리는 꼬막축제에서 댄스 경연(!) 대회에 나가 상을 타 돌아오기도 했다. 춤을 추며 산다는 건 삶에서 음악을 즐기는 방법 중 하나 더 알고 있다는 뜻이다. 만들고, 연주하고, 감상하는 것 말고 멜로디와 비트를 온몸으로 즐기는 일. 내가 어른이 되면서 잃어버린 그 방법을 아저씨는 어른이 되어 새롭게 얻었다.

시간 가는 줄 모르고 이야기가 깊어졌다. 사장님에게 근 며칠 동안 나를 괴롭히고 있는 일에 대해 털어놓았다. 내가 벌인 일은 아니지만 나와 무관하지 않고, 내가 해결할 수 없지만 내가 나서지 않을 수도 없는 일에 대해. 불행을 겪는 사람들 모두 그렇듯 나는 이 불행이 끝나지 않을까 봐 두려워하고 있었다. 앞으로 계속 같은 불행이 반복되어도 사랑이라는 이유로 견뎌야 하는 날들이 올까 봐.

예상했지만 사장님의 반응은 초연했고 솔루션은 간단했다. 견딜 만하면 버티고, 못 견디겠으면 떠나라는 것. 법적으로 성년이 되는 순간부터 사람은 자기 삶을 선택해서 살 수 있으니 이제는 버티는 것도 떠나는 것도 자유라는 것. 그러니 지금 괴로운 건 그 누구의 탓도 아니라 자신의 탓이라는 것.

모두 별다른 악의 없이 다 저 좋은 대로 내키는 대로 살고 싶은 대로 살 뿐. 탓할 것은 오직 그들을 다 이고지고 함께 가겠다는 미련한 나 하나구나. 절이 싫어지면 떠나는 중이 있고 견디는 중이 있는데, 사장님이 전자라면 나는 의외로 후자에 속한다. 아주 오래도록 나는 내가 사장님 같은 사람이 될 수 있다고 착각해왔지만, 내가 그만큼 모질거나 단호한 사람이 못 된다는 걸 알게 됐던 날 나는 내가 너무 싫어서 끽끽 울었다.

우동을 먹고 월정리를 떠났다.

●●

요가 선생님이 수련차 제주도에 오셨다. 그녀는 내가 여행 첫날에 다녀왔던 그 요가원에 주기적으로 수련을 간다. 친정어머니의 돌봄이 있다고는 해도, 항해사라 집을 오래 비우는 남편 대신 가사와 육아를 도맡으면서 요가원을 운영하고 자기 수련도 게을리하지 않는 선생님이다. 끊임없이 공부하고 수련하는 좋은 스승을 만난 걸 나와 도반들은 행운으로 여기고 있다. 그런 선생님을 알아본 우리의 안목도 함께 칭찬해 주어야겠지. 좋은 사람들은 좋은 사람을 알아 보는 법이다.

선생님의 수련 일정은 여행 전부터 알고 있었다. 선생님과 함께 한 번 더 수련에 가려 했지만 시간이 맞지 않아 다음을 기약하고, 수련이 파하는 시간에 만나 저녁을 함께하기로 했다. 동문시장 근처에서 선생님을 차에 태우자마자 술 냄새가 훅 풍겨왔다. 시어머니가 만들어 주셨다는 그녀의 애착가방에는 먹다 남은 막걸리 한 병이 들어 있었다. 수련 후 선생님의 선생님께서 식사 자리에서 권하신 고량주를 벌컥벌컥 받아 마셨다나. 그러고도 남은 막걸리를 사양하지 못하고 품에 안고 온 것이다. 약간은 알딸딸한 상태의 선생님과 그간의 여행 이야기, 요가원 소식을 주고받으며 함덕으로 향했다. 도착하니 해 질 녘이었다. 붉게 물드는 함덕 바다를 걸으며 서로 사진을 찍어주다가 나는 선생님을 부추겼다.

"선생님, 이 배경에서 딱 라자포카? 그거 해봐요. 완전 인스타 감성샷 각인데!"

아사나 이름을 다 외지 못한 내가 대충 얼버무린 그 자세란 왕비둘기 자세를 의미하는 '에카파다 라자카포타아사나'였다. 만들기는 고통스럽지만 이 자세로 사진을 찍어놓으면 그렇게 아름답고 우아할 수가 없다. 물론 지금 선생님의 복장은 많이 자유분방하고 그렇게 우아하지 않지만…. 그래도 이 불타는 바다를 배경으로 에카파다 라자카포타아사나를 한 채 사진을 찍어 #협재해변 #야외요가 #오늘수련 같은 태그 달아 올리면 정말 딱일 텐데.

선생님이 깔깔깔 웃었다.

"포커도 아니고 라자포카가 뭐예요, 라자카포타?ㅋㅋㅋㅋ"

"맞아요. 그 왕비둘기 자세! 여기서 딱 그런 거 하나 찍어서 우리도 감성 요가원으로 거듭나야 한다니까요!"

나와 도반들은 종종 이런 식으로 주제넘게 요가원의 향방에 참견한다. 선생님, 인스타그램 사진 좀 예쁘게 찍어 올려 봐요. (최선을 다했는데요….) 선생님, 우리 요가원도 이번에 입주하는 대단지 아파트 상가로 이사 가는 건 어때요. (지금 수업도 충분히 많아요) 선생님, 원데이 클래스 요가 수업에 보이차 한 잔 내주고 건강한 비건 요리까지 제공하는 프로그램으로 한 7만 원 받으면 돈 되지 않을까요? (누가 순천에서 그 돈 주고 요가를 해요!)

우리 선생님이 돈을 더 많이 벌기를, 요가원이 더 잘되기를 바라는 참견이지만 실은 누구도 진지하지 않다. 아무래도 좋다. 요가원 계정에 '그런' 감성이 없어도 좋고, 작은 동네에서 이름 알고 지낼 수 있는 만큼의 도반들과 수련하니 좋고, 선생님이 잡다한 프로그램에 마음 쓰지 않아서 좋다.

끝내 감성 왕비둘기 사진은 찍지 못했다. 핸드폰에 남은 것은, 막걸리 든 가방을 소중히 품은 채 아직도 술이 덜 깬 상태로 함덕 방파제를 뛰어다니며 흑돼지집으로 향하고 있는 선생님 뿐이었다.

Day 19 너무 많은 연결의 시대[5)]

함덕에서 머무는 숙소가 좀 기이하다는 생각을 어제부터 하고 있다. 한 건물 안에 두 개의 다른 호텔이 있다. 그래서 프런트가 다른 층에 나뉘어 있는데, 중요한 건 객실이 층별로 쪼개지지 않고 같은 층에 두 호텔의 객실이 퐁당퐁당 식으로 붙어 있다는 거다. 그러니까 내 옆 객실은 B 호텔, 그 옆 객실은 다시 우리 호텔 객실로 사용되고 있다.

객실 내부는 지나치게 넓고, 더블 침대 하나에 벽에 붙은 화장대, 의자 하나가 가구의 전부라서 방이 더 휑하다. 커튼을 걷으면 짓다 만 건물 공사장이 보인다. 공사장은 바닥을 파다가 멈춘 상태라 고층에서 내려다보니 갈색 흙구덩이가 더 아찔하고 깊어 보인다. 하필이면 줘도 이런 방을

5. 철학 잡지 '뉴필로소퍼' 창간호의 제목을 변용. 『너무 많은 접속의 시대』, (바다출판사, 2018.)

주냐. 불쑥 솟구치지만 '체크인 시 배정'인 걸 어떡하랴. 호텔 두 개가 혼재한 건물, 그 옆의 멈춰버린 공사장. 모든 게 다 복잡해 보인다. 아무튼 싼 데엔 다 이유가 있다. 어머니는 말씀하셨지. 사람은 거짓말을 하지만 돈은 거짓말을 하지 않는다고.

●●

아침 일찍 호텔을 나서서 함덕 해변이 한눈에 들어 오는 카페 2층에 자리를 잡았다. 제주에서는 드물게 빨리 열고 오전 11시까지는 커피가 1,900원인 저렴한 카페라 공부하는 사람들이 많다. 나도 노트북과 책을 챙겨 나왔지만 자꾸 시선은 창밖으로 간다. 머리를 비운 채 끝도 없이 밀려드는 파도만 보고 있어도 좋지만 뭐니뭐니 해도 재밌는 건 사람 구경이다. 해변 앞 광장에는 나이 든 부모와 조금 덜 나이 든 자식이 바다를 배경으로 어색하게 포즈를 취하고 있다. 마주 선 다른 남자가 그 모습을 카메라에 담는다. 모래사장에서는 몸을 한껏 옹그린 젊은 부부가 모래 위를 누비는 아이를 쫓아다니며 셔터를 누른다. 그보다 더 안쪽 해안가에는 매서워진 10월의 바닷바람을 얇은 드레스 한 벌로 참아가며 웨딩 포토를 찍는 신혼부부도 있다.

와아아아아. 요란한 소리가 들려 시선을 다시 광장으로 돌려 보니 스무 명 넘는 남학생 무리가 바다를 보자마자 요란히 내지르며 달려간다.

수학여행을 왔나 보다. 다시 해안가. 아저씨 일곱 명이 다 같이 초를 세면서 몇 번이고 점프를 해댄다. 피사체들이 바닥에서 동시에 뛰어오르면 촬영자의 셔터가 그 순식간을 재빠르게 포착해내야 하는 고난도의 촬영인데, 영 합이 안 맞다. 저래서야 도무지 오늘 안에 원하는 사진을 찍고 떠나실 수 있을지 점점 안쓰러워진다. 엉성한 사진도 추억이라며 체념하는 자세가 필요해 보인다.

언제부턴가 제주도에서 유행하기 시작한 당근 모자를 쓴 사람이 여기저기 보인다. 천으로 만든 것도 있고 실로 짠 것도 있는데, 당근과 비슷한 채도 높은 주황색 바탕에, 정수리 쪽 꼭대기에는 녹색 이파리가 자그맣게 달렸다. 아이가 써도 앙증맞지만 어른이 쓰고 다니면 그런대로 또 깜찍하다. 여행이 그래서 좋다. 누구나 본디 자신보다 좀 더 깜찍해질 엄두를 낼 수 있으니까. 그 깜찍함을 서로 너그럽게 용인해줄 수 있으니까.

제일 마음을 사로잡는 것은 패러글라이딩과 서핑을 합친 카이트 서핑이다. 물결과 바람이라는 두 어마무시한 자연의 힘에 몸을 내맡긴 서퍼들은 위태로운 만큼 자유로워 보인다. 그저께 서핑이 아니고 저걸 해볼 걸 그랬나? 공짜로 시켜준대도 무섭다고 돌아섰겠지만 아무리 봐도 너무 멋지다.

카페 안으로 눈을 돌려본다. 어느새 내 앞에 엄마와 딸이 자리를 잡았다. 엄마는 생머리에 검은 벨벳 머리띠, 흰 피부에 오뚝한 코가 전형적인 미인이었지만 그냥 예쁘다기보단 선하다는 인상을 풍겼다. 통통한 볼에 머리를 하나로 묶은 여자아이는 연두색 원피스를 입었다. 이 모녀가 내 눈을 끈 것은 아이를 바라보는 엄마의 눈빛에 농축된 사랑의 농도가 너무도 진해서였다. 자기가 낳아 놓고도 세상에 어떻게 인간이 있는지 믿을 수 없어 하는 표정이었다. 내 부모가 어린 나를 바라볼 때의 눈빛도 저런 것이었겠지.

아이는 『모자 장수 고양이 씨씨』를 펼쳐 놓고 그림을 그린다. 색연필을 쥔 아이의 손이 너무 작아서, 쥔 모양 그대로 꼭 쥐어 보고만 싶었다. 아이의 스케치북에는 모자를 쓴 아이가 있다. 모자 꼭대기에는 토끼 얼굴이, 둥근 면에는 해바라기가 브로치처럼 달렸는데 아마 자기인가보다. 뒷면에 그린 것은 엄마다. 엄마는 아이가 그려준 자신의 초상에 온몸으로 기뻐하더니, 아이가 그림을 그리는 동안 손바느질로 만들고 있던 카키색 모자를 아이에게 씌워 본다. 아이가 읽고 있는 그림책과 무관하지 않은 모자일 것이다.

모녀가 테이블을 정리하고 자리에서 떠났다. 나도 늦은 점심을 먹으려 일어났다.

●●

어제 선생님을 만나러 가던 늦은 오후부터 카카오톡이 먹통이다. 처음엔 한참 내 문제라고 생각했다. 데이터를 다 썼나? 아닌데. 다 쓰면 느려

지긴 해도 무제한이라고 했는데. 알뜰폰이라 느린가? 아닌데. 어차피 다 같은 망이랬는데. 데이터센터에 불이 났다는 기사를 보고 난 후에야 모두의 문제라는 걸 알게 됐지만, 이 없으면 잇몸으로 살지 문자 있는데 뭐가 문제야? 대수롭지도 불편하지도 않았다.

그래도 하룻저녁 지나면 정상으로 돌아올 거라고 믿고 있었다. 쓰는 사람이 몇 명인데. 하지만 복구는 장기화 됐다. 메신저가 복구된 후에도 은행 업무를 볼 수 없고, 친구가 보내준 기프티콘을 확인할 수 없고, SNS 간편 가입을 해 둔 사이트에 로그인할 수 없고, 음악을 들을 수 없었다. 일상의 아주 사소한 부분들까지 어느 것 하나 이 회사와 관련되지 않은 게 없다니 끔찍했다. 주문과 콜을 받지 못한 자영업자, 택시 기사들의 토로를 접했을 땐 머리가 휑했다. 이런 게 플랫폼의 힘이구나. 너무 많은 걸 내맡기고 살았구나. 모르던 일이 아닌데도 현실이 되니 두려웠다.

카카오톡을 한 달 정도 지우고 지낸 적이 있다. 그때만 해도 지금처럼 많은 서비스를 전방위적으로 제공할 때가 아니어서 카카오톡이 없다고 불편한 건 많지 않았다. 단체 톡방에 없는 나를 위해 뭔가를 따로 공지해 주어야 했던 사람들이 왜 다른 사람 불편하게 카카오톡을 지우냐고 내게 볼멘 소리를 했던 것만 빼면. 사소한 연락에 시달리지 않아도 되고 시도 때도 없이 핸드폰을 확인하지 않아도 됐다. 정말이지 홀가분했다.

그때도 지금도 이해할 수 없다. 내 의지와 무관하게 사용해야만 하는 상품이 있다는 게. 시장(앱스토어)에서 어떤 물건을 살지 안 살지를 내 의지로 결정할 수 없고, 내가 불편함을 감수하기로 작정하더라도 타인을 위해 그 플랫폼에 연결되어 있어야만 한다는 게. 카카오에서는 대표가 사퇴하고 재발 방지 대책과 보상을 약속했다지만, 그게 마무리된다고 해서 예전과 똑같이 살아가도 괜찮은 건지 모르겠다. 내 핸드폰에 애플리케이션 하나 깔고 지우기도 자유롭게 할 수 없는 사회가 정상인지도, 정말 모르겠다.

●●

여행이 막바지를 향해 간다. 낯선 상황 속에 나를 놓아보고, 가보고, 먹어보고, 마셔보고, 자보고, 만나보았다. 여행은 그 모든 과정에서 내가 무엇에 즐거워하고 무엇에 불안해하는 인간인지 골똘히 몰두하는 시간이다. 진부하지만 그로써 나를 알게 되는 시간.

나에 대해 생각하는 시간이 많아질수록 좋은 것과 싫은 것이 점점 분명해진다. 고정된 자아란 존재하지 않는다고 믿지만, 언젠가는 변할지라도 현재의 내가 무엇을 욕망하는 인간인지를 아는 일이 내게는 너무 중요했다. 그래야 삶의 방향과 그에 임하는 태도를 결정할 수 있기 때문에. "남들이 하고 사는 일들은 우리도 다 하고 살겠다는 다짐(박준, 「선잠」)" 을 품고서 남들처럼 살지 않는 것은 말이 안 되고, 남들만큼 살겠다는 생각도 없으면서 남들처럼 사는 것은 너무 불행하니까.

제일 두려운 건, 지금은 이걸 욕망했다가 미래에는 다른 것을 욕망하게 될지도 모른다는 것. 나도 나를 모른다는 것. 그러나 또 이곳에서 다짐한 것은, 마음 바뀌면 언제 그랬냐는 듯 방향을 틀면 된다는 것. 다만 내가 그리할 수 있는 인간이기를 기도하는 수밖에. 사람은 타인이 욕망하는 걸 같이 욕망하는 존재라는데. 너와 나의 삶이 다르지 않은 것은 결국 너와 나의 욕망이 다르지 않기 때문일 거다. 우리가 서로의 욕망에서 눈을 돌려 내 안에서 솟아나는 것들을 볼 수 있다면, 각자의 모양대로 다 다르게 살 수 있을 텐데.

Day 20 해변의 사정

모닝커피를 마시고 해변 산책에 나섰다. 잔디공원을 걸어 서우봉 입구의 나무 정자까지 올라가 보았다. 높은 지대에 서니 함덕 바다부터 상가 일대 그 너머의 산까지도 눈에 들어왔다. 바람이 강하고 파도가 세찬 날이었다. 멀리 큰 해변가에서는 카이트 서핑을 하던 사람들이 바람에 돛이 엉기면서 바다 위에서 수난을 겪거나 모래사장에 불안하게 착륙하고 있었다. 그런 날씨에도 굴하지 않고 어떤 서퍼들은 상승과 하강을 멋지게 반복했다. 오름과 가까운 쪽의 작은 해변에서는 서핑이 한창이었다. 나름의 영역 배분인지도 몰랐다.

밝을 때 구석구석 걸어보니 그제 저녁에는 보이지 않았던 것들이 보였다. 잘 다듬은 돌로 쌓은 둥근 탑 하나. 그 옆에 놓인 네모난 판석에는 '의사자 증서'라는 제목과 91년생 고보련 씨의 인적 사항이 쓰여 있었다. 2005년 12월 21일이라고 적힌 판석의 날짜를 보고, 그가 열다섯 살도 채 안 된 나이로 생을 마감한 의사자라는 걸 알 수 있었다. 학원 여름 캠프에서 물에 빠진 친구를 구하고 자신은 빠져나오지 못했다는, 비석에 다 적히지 않은 자세한 이야기를 기사로 읽었다. 어떤 용기였을까. 어떻게 그 어린 사람이 기꺼이 타인을 위해 파도에 몸을 던질 용기를 냈을까. 그렇게 의로운 자식을 떠나보낸 부모는 차라리 마냥 자기밖에 모르는 아이로 키울 걸, 후회했을까. 너무 숭고한 죽음이라 억울해 할 수도 없어서 가슴만 쳤을까.

돌아가는 길. 너른 잔디공원 한가운데 철조망으로 넓게 둘린 땅이 있었다. 군사 시설, 감옥 담벼락 위에서나 보던 둥근 철조망과 출입 금지 라인이 이리저리 뒤엉켜 있어 흉물스러웠다. 철조망 안쪽에는 사유지임을 알리는 경고문과 함께 이렇게까지 할 수밖에 없는 토지주의 입장을 주민들에게 곧 전하겠다는 사과문이 걸려 있었다.

전후 사정은 복잡해 보였지만 일단은 부러웠다. 이런 노른자 땅이 사유지라니! 그런데, 정말 사유지라고? 해외에서나 보던 프라이빗 비치도 아니고 이렇게 많은 사람이 드나드는 해변 일대에 사유지라니. 이런 땅에서 일어난 문제라면 반드시 기사가 있을 것 같았다. 나는 그렇게 찾은 제주 지역 신문[6]에서 함덕 해수욕장 일대의 상당 부분이 함덕리 새마을회 소유로 사유지에 해당한다는 사실과 함께 철조망 둘린 토지 주인의 사정을 알게 되었다.

1970년대 함덕 해수욕장 일대는 유원지로 지정됐다. 그때 일부 사유지들이 함께 편입되었는데, 토지주가 최근 들어 자신이 소유한 땅에 건물을 신축하려다 유원지 시행사와 함덕리 주민들의 반대로 소송을 벌이고 있다는 내용이었다. 개인의 재산권을 행사하려는 쪽과 함덕의 아름다운 경관을 지키려는 쪽의 대립으로 보였다. 30년 이상 사용 허가를 내주었으니 이제 내 건물을 짓고 싶다는 토지주의 입장도, 그 위치에 건물이 올라서면 해변의 경관이 망가질 거라는 우려의 입장도 모두 옳아 보였다. 어느 쪽이든 내후년쯤에는 철조망이 사라진 잔디 공원을 보고 싶었다.

●●

함덕을 떠나 마지막 숙소인 제주시로 향했다. 숙소 1층에는 숙박객들이 책을 보거나 글을 쓸 수 있는 라운지가 있었다. 이제야 뭐라도 써볼 수 있지 않을까, 나는 기대했다. 실은 글을 쓰겠다던 다짐이 무색하게 생각보다 글을 쓰지 못했기 때문이다. 여행이 주는 영감이라면 그래도 하루

6. "제주 해수욕장에 녹슨 경운기와 철조망까지 '사유지 분쟁'", 제주의 소리, 2022. 5. 23.

한 편은 거뜬히 써낼 거라고 믿었다. 한심하게도. 장면을 문장으로 변환할 땐 얼마나 고도의 집중력이 필요한지 간과하고 있었다. 적당한 높이의 의자와 책상과 노트북 콘센트가 제주도엔 많지 않다는 것도 여행의 중반쯤에야 깨달았다. 돌아가 책 쓸 생각을 하니 막막했다. 남은 며칠간 다른 일정은 하나도 잡지 않고 숙소 근처에서 먹고 마시며 글만 쓰자고 다짐했다.

근처 초밥집에서 간단히 저녁을 먹다가 전화를 받았다. 탄원서가 필요하다는 연락이었다. 이제 막 뭐라도 써보자고 다짐을 한 참인데. 온몸에 맥이 풀리는 기분이 들었지만 쓰지 않을 수 없었다. 숙소로 돌아가 노트북을 열고 유사한 사례의 탄원서 예시를 검색해가며 난생처음 탄원서라는 걸 썼다.

다 쓰고 읽어 보니 지나치게 단정해서 진실하지 않은 글처럼 읽혔다. 너무 감정에 호소해서도 안 되겠다는 생각에 일부러 건조하게 쓴 건지, 공무원으로 사는 동안 딱딱한 글을 오래 써서 투박해진 건지. 어쩌면 둘 다일 수도 있다. 사람들은 글을 많이 쓰면 글이 쉬워지지 않냐고 하는데, 쓰면 쓸수록 외려 글은 더 어려워진다. 같은 문장 패턴이 굳어지니 지루하고, 좋은 문장에 대한 기준이 높아지니 쉽게 만족이 안 된다. 중요한 글이 아니라고 해서 에너지 빼고 쓰는 것도 마음처럼 안 된다. 사소한 글에 지나치게 힘을 쏟게 되는 일도 다반사다. 저녁 먹고 시작한 탄원서가 끝났을 땐 늦은 밤이었다.

행정사무소에 탄원서를 보냈다. 너무 잘 썼다는 칭찬과 함께 이런 쪽으로 진로를 틀어 보라는 극진한 조언이 돌아왔다. 기분이 좋아야 하는 건가. 이런 일로 재능을 발견하다니, 칭찬을 받고도 찜찜했다. 꼭 숨은 재능을 일깨워 주려고 이 모든 일이 벌어지기라도 한 것 같았다. 그런 걸 잘 쓰는 것도 재능이라면 평생 모르고 살고 싶었는데. 삶에는 자꾸 구구절절한 사연이 쌓여간다. 너무 행복하면 글을 못 쓸까 봐 불행은 주기적으로 안부를 물어오는지도 모르겠다.

Day 21 코로나 걱정 없는 곳

아침을 먹으려고 숙소 문을 나서는데 건너편 가게의 전광판이 눈에 들어왔다.

손님은 왕

빨간 글씨가 흘러오더니 그 상태로 몇 번 깜빡였다. 대체 언젯적 말이람, 하는 순간 다음 글씨가 흘러나왔다.

나는 대왕

헛웃음이 터졌다. 귀여운 사장님이네.. 하는 순간 다음 글씨가 흘러나왔다.

MENU
StoryBoard
사훈
손님은 왕
나는 대왕
Hello
고민
걱정없는곳
(손님이 없어서)

주인장조심

하, 주인장이 어지간히 고집 있는 사람인가 보군. 글자들은 예비 손님들에게 강조라도 하듯 전광판에 들어선 후 서너 번씩 깜빡였다. 'Since 1994'라는 스티커가 가게 유리 벽에 붙어있었다. 내가 태어난 연도였다. 김밥집에 앉아 라볶이와 김밥을 먹으면서 방금 본 카페를 검색했다. 방문자 리뷰 4개, 블로그 리뷰 8개에 달하는 숨은 카페였다. 숨겨진 건지 스스로 숨은 건지 알 수는 없지만. 업로드된 메뉴판 사진 한 장마저도 거꾸로 찍힌 사진이었다.

블로거들의 증언에 따르자면 반말이 옵션이지만 그다지 기분 나쁘지 않은 사장님이 있으며, 라면은 메뉴에 없지만 주문할 수 있고, 커피를 카메라 렌즈에 담아주는 독특한 곳이라고 했다. 점점 카페는 내 호기심을 자극하고 있었지만 블로그 사진으로 보나 외관으로 보나 그곳은 20대 여성이 홀로 발을 들이기엔 너무 트렌드와 거리가 멀고 예스러워 보였다.

그날 저녁 숙소로 돌아오는 길에 화이트보드에 쓰인 글씨가 눈에 들어왔다.

'붕어빵 3개 2천 원, 카드 가능, 음료 1잔당 1마리 무료'

'죄송합니다. 반죽 가격이 2배로 올라서 어쩔 수 없었습니다.'

아침에 봤던 그 카페였다. 그리고 결정타를 날린 문장이 하나 더 있었으니!

'디아블로 레저렉션 아이템 감정해드립니다.'

디아블로2에서 소서리스를 키우며 포털을 타고 카우를 잡던 옛 시절은 지나갔고 감정받을 아이템도 없었지만 더 이상 이 카페를 지나칠 수 없었다. 나는 용감하게 문을 열고 들어갔다. 카운터엔 아무도 없었다. 주인이 자주 자리를 비우는지 카드 결제 방법이 리더기 옆에 상세히 적혀있었다. 가는 날이 장날인가, 생각하는 순간 안쪽에서 사장님이 나왔다. 그는 노트북으로 뭔가를 하다 일어난 참이었다. 빨간 카라티에 앞치마를 맨 사장님의 용모는 개그맨 김용명과 억울하게 닮아 있었다.

그는 나에게 편한 곳에 앉으면 메뉴판을 가져다주겠다며 카페의 구린 인테리어와 너저분함에 대한 양해를 구했다. 굳이 말로 하지 않으셔도 몸으로 다 느끼고 있는 내용이었다. 요즘 유행하는 뉴트로 감성이 옛것을 새롭게 해석하여 즐기려는 움직임이라면 이 카페는 뉴트로가 좇는 '옛것' 그 자체였다. 2018년에서 멈춘 탁상 달력과, 벨벳과 패브릭 소재의 푹 꺼진 소파, 존재 이유를 알 수 없는 돌려돌려 돌림판, 꼬질꼬질하지만 귀여운 코끼리 얼굴 인형까지.

카페모카를 주문하자 듣던 대로 렌즈 통 모양 컵에 커피가 나왔다. 사장님은 커피를 내려놓고 붕어빵 기계 앞으로 가더니 나에게 물었다.

"팥 좋아해요?"

"저 팥 싫어해요. 슈크림은 없나요?"

서비스로 받아먹는 주제에 팥과 슈크림을 가린다고 하겠지만 슈크림이 아니라면 굳이 붕어빵을 먹을 이유가 없었다. 동지에 태어났는데 왜 이렇게 팥이 싫은지 모르겠다. 내 생일인데 다들 동지라고 팥죽 얘기만 하는 게 싫어서인가? 사장님은 다른 말 없이 슈크림 붕어빵을 하나 구워 가져다주더니 자리로 돌아가 다시 노트북을 하기 시작했다. 그리고 십 분쯤 흘렀을까. 사장님은 방이 안 잡혀서 게임을 할 수가 없다고 투덜거리며 일어나더니 나에게 말을 걸기 시작했다.

"이 카페에 제 발로 들어올 정도면, 손님도 보통은 아니야."

"바깥에서 보니 너무 재밌는 카페 같아서요. 제가 또 마침 1994년생이기도 해서.. 근데 여기 원래 주인이신가요?"

"어우 내가 그 정도 액면가는 아니잖아~ 나도 중간에 인수했지."

이때부터 사장님의 반말은 시작되었다.

"장사는 좀 돼요? 오늘 몇 명이나 왔어요?"

"(눈을 감고 슬픈 표정을 지으며) 안 와, 거의."

"그럼, 사장님 혹시 돈이 많으신가요?"

무례한 질문인 건 알지만 궁금한 걸 어쩌랴.

"아니 나 돈 없어 정말로. 밤에는 편의점 알바까지 한다니까?"

"근데 왜 이 카페를..?"

"이 카페를 팔아버릴까 생각도 했지. 이걸 팔면 여기가 딱 편의점 자리거든. 그런데 이 카페 역사가 30년이잖아? 여기에 추억이 있는 사람들이 많아. 나 포함해서. 중고등학생 때 아니면 20대 초반에 종종 다녔다는 사람도 있고. 여기가 그 뭐랄까, 그런 카페야. 한 번만 온 사람은 없는데 두 번 온 사람.. 아 그게 뭐더라? 한 번밖에 안 온 사람은 없는데…. 아 진짜 나 미쳐버리겠네~"

"한 번도 안 온 사람은 없어도 한 번밖에 안 오는 사람은 없다고요?"

"그래, 그거지! 그런데 어느 날 왔는데 그런 카페가 사라져 있어. 얼마나 슬퍼? 내가 돈 좀 벌겠다고 이런 역사 깊은 곳을 판다는 건 좀 아닌 거 같더라고."

창업주도 아닌데 이렇게나 공간에 대한 애정이 깊을 수 있다니. 조금 불필요한 애정이 아닐까 고개가 갸우뚱했다. 카페는 코로나 걱정 빼고는 모든 것이 걱정스러웠으니까. 아저씨가 젊은 시절 드나들며 여기에서 쌓은 추억은 어떤 것이었을까.

"그건 그렇고. 내가 토박이 도민으로서 제주에서 먹으면 안 되는 음식 좀 알려줘?"

무턱대고 그렇게 묻는 사장님에게 '아뇨'라고 말할 수도 없어 나는 그 강의를 들어보기로 했다. 짐작했지만 그 네 가지 음식은 흑돼지와 고기국수와 해물탕과 갈치조림이었다. 구구절절 일리가 있는 내용이었지만 특강이 30분을 넘어가면서 나는 좀 지치기 시작했다. 슬슬 자리에서 일어날 기미를 비추자 아저씨는 은근하게 내일 출도 전에 한 번 더 들렀다 가기를 권했다. 나는 아쉽지만 비행기 시간이 오전이라 다음에 또 오겠다고 답했다. 비행기 시간은 거짓말이었지만 다음에 또 오겠다는 말은 거짓말이 아니었다.

다음날 오전, 숙소 로비 창가에 앉아서 카페로 출근하는 아저씨를 지켜보았다. 행여 이쪽을 쳐다보지는 않을까, 커튼 뒤에 몸을 숨긴 채였다. 그가 타고 온 차를 보고 알았다. 차 한 대로 판단해도 괜찮다면 그는 정말 돈이 많은 사람은 아닌 것 같았다. 덩치에 비해 턱없이 작은 차를 몰고, 야간 알바를 하면서까지 손님이 오지 않는 카페를 지키고 싶어 하는 그의 속사정은 잘 모르겠다. 그냥 언젠가 다시 제주를 찾았을 때, 그 카페가 거기 그대로 있었으면 좋겠다.

아이를 보며 간절히 바랐다. 온 세상이 자신을 밀어내는 것만 같은 때가 너에게도 오겠지만, 그 경험을 아주 늦게, 늦게 하게 되기를. 지금처럼 누구에게든 환대받으며 세상이 다 제 편이라고 오래 믿으며 살 수 있기를.

{ Chapter 7 }

출도

Day 22 출도

입도는 여수였지만 출도는 녹동으로 정했다. 녹동과 제주를 오가는 배는 가장 짧은 노선인 데다가, 마침 차량 선적 운임을 할인해주고 있었다. 배가 노후되었다고는 하지만 운항 시간이 짧아 괜찮을 것 같았다.

항구에서 요금을 결제하고 차를 실었다. 고작 한번 해보았을 뿐인데 갑판에 차를 싣던 처음의 두려움과 떨림은 온데간데없었다. 한번이 아니라 수어 번은 해본 사람처럼 직원의 신호를 따라 차를 대고, 자연스럽게 담요와 가방을 챙겨 여객선 터미널로 향했다.

이번 배는 공용 로비가 너무 작아 객실에 자리를 잡기로 했다. 3등 객실은 먼저 들어간 사람이 벽과 닿은, 혹은 구석지, 콘센트가 있는 상석을 점하게 된다. 터미널에서 승선을 시작하기도 전부터 긴긴 줄을 기다린 사람들만이 누릴 수 있는 특권이다.

이미 3등석 마루의 가장자리는 부지런한 승객들의 차지가 되어 있었다. 겨우 내 등짝 정도 기댈 수 있는 자리가 남아 있어 거기 가방을 놓고 작은 담요를 폈다. 내 옆에는 나보다 조금 어린 여자 승객이 앉아 있었다. 뒤늦게 젊은 부부가 두 돌쯤 지나 보이는 아이를 안고 들어왔다. 자리가 마땅치 않아 마루 한중앙 기둥에 엉성하게 자리를 잡는 가족을 보고는, 창가 벽 쪽에 자리를 잡은 노부부가 담요 위에 펼쳤던 다리를 접으며 말했다.

"애는 이따 여기다 재워요."

아이 키우는 고단함을 알기에 건넬 수 있는 호의였다. 젊은 부부는 감사의 표시로 고개를 끄덕였다. 그때 아빠 품에 안겨 있던 아이가 일어서더니 상큼상큼 걸어 나를 향해 걸어왔다. 두 팔을 뻗어 반기자 아이는 내 책상다리 사이에 엉덩이를 넣고 풀썩 주저 앉았다. 마치 간택이라도 당한 기분이었다. 아이의 부모는 얼씨구, 요것 봐라! 어처구니가 없다는 표정으로, 노부부를 비롯한 승객들은 귀여워 죽겠다는 표정으로 아이를 바라보고 있었다.

아이는 곧 나를 떠나 마루에 앉은 손님을 한 사람 한 사람 친히 찾아다니며 제 엉덩이의 무게를 실감시켜 주었다. 특별한 간택이 아니었다는 것이 내심 서운했지만 누구도 자신을 거부하지 않을 거라는 사실을 안다는 듯 낯가림도 없이 엉덩이를 들이밀고 다니는 아이를 보고 있는 것만으로 행복했다. 아이의 엄마는 이리저리 한껏 애교를 흘리고 다니는 아이의 많지 않은 머리칼 사이에 분홍색 똑딱이 핀을 찔러주었다. 내심 심각하게 고민하고 있던 아이의 성별은 여자였다.

아이를 보며 생각했다. 온 세상이 자신을 밀어내는 것만 같은 때가 너에게도 오겠지만, 그 경험을 아주 늦게, 늦게 하게 되기를. 지금처럼 누구에게든 환대받으며 세상이 다 제 편이라고 오래 믿으며 살 수 있기를. 객실 한바퀴를 뺑 돌고 온 아이는 다시 나와 옆자리 승객 사이에 자리를 잡았다. 함께 아이를 놀아주다 물어보니 그녀는 고흥에 사는 친구에게 놀러 가는 길이라고 했다. 도란도란 이야기를 나누다가 두어 시간이 훌쩍 갔다.

배에 오르기 전 편의점에서 미리 김치 사발면을 하나 샀다. 배 안에 온수기가 있으면 간단히 요기라도 할 수 있을 줄 알고. 그런데 이게 웬걸. 매점 하나밖에 없다는 건 알고 있었지만, 그 흔한 정수기 하나조차 없을 줄이야. 참는 데까지 참아보려다 심한 허기가 느껴져 매점으로 갔다. 배가 너무 바다 한가운데까지 나가면 카드 결제도 계좌 이체도 할 수가 없으니 뭘 먹으려거든 일찍 먹어 두어야 했다. 육개장 1만 원, 카레밥 9천 원, 라면 5천 원, 커피 믹스 1천 원. 메뉴판에 적힌 가격을 본 순간 나는 캐셔 아저씨가 되고 싶었다. 당장 바다에 낚싯대라도 내리지 않고서야 배 위에서 끼니를 때울 방법이 없으니 가장 저렴한 라면을 먹기로 했다.

미리 샀다가 무용지물이 된 컵라면의 값까지 더해져 6,500원짜리 라면을 먹는 듯한 억울함이 들었다. 내 옆자리에서 라면을 먹던 두 남자가 식사를 마치고 과자 몇 개를 골라 캐셔 아저씨에게 갔다. 어느새 신호가 끊겨 카드리더기도 핸드폰 데이터도 터지지 않는 먼 바다까지 배는 와 있었다.

일단 먹고 이따 다시 결제하러 오시라고 할 줄 알았는데 아저씨는 미련 없이 판매를 거절하고 남자들을 돌려보냈다. 그러나 매점 영업은 종료되지 않았다. 조금 후 한 중년 남성이 커피믹스와 과자를 주문해서 먹기 시작했다. 그에게는 청년들이 갖지 못한 '현금'이라는 결제 수단이 하나 더 있었던 것이다. 그렇다. 캐셔 아저씨는 이때부터 합법적으로(?) 현금 장사를 할 수 있게 된 것이다. 요즘은 현금 없는 매장이 유행이라지만 바다 위에서는 현금 없이는 소시지 하나도 사 먹을 수 없었다.

어느덧 해가 질 시간이었다. 갑판으로 나가자 더 이상 섬 하나 보이지 않을 만큼 망망한 바다가 붉게 물들고 있었다. 일출을 보며 도착한 제주행이 일몰과 함께 끝나가고 있었다. 나는 선실로 돌아가 내 옆자리의 또래 승객에게 말했다.

"지금 나가보세요. 일몰이 장관이에요."

한참 후 선실로 돌아온 그녀가 말했다.

"바다 위에서 일몰을 보려고 일부러 배를 탄 건데, 하마터면 놓칠 뻔했어요. 정말 아름다웠어요. 감사해요."

그리고 가방을 뒤적이더니 과자 하나를 건넸다. 제주도의 한 프랜차이즈 빵집에서만 살 수 있고 품절 대란 때문에 인당 구매 개수가 제한되어 있다는 바로 그 과자였다. 여객터미널엔 그 빵집이 없는데 어떻게 샀냐고 묻자 공항에 친구를 데려다주는 길에 겨우 들러 사 온 것이라고 했다.

어렵게 산 과자를 선뜻 건네준 것이 고마웠고 땅콩 스프레드가 들어간 과자는 정말 맛있었지만, 다음엔 꼭 그 과자를 사려고 애쓰지 않았으면 좋겠다고 말하고 싶었다. 하지만 참아야 했다. 나의 윤리를 오늘 처음 본 사람에게 들이밀 수는 없었고, 자칫하면 그의 소비에 대한 질책으로도 들릴지 몰랐다.

내 옆에 앉은 그녀와 꼭 같은 나이였던 노동자가 빵을 만들다가 사망했다. 그 사고의 충격이 가시기도 전에 장례식장에 자사 빵 두 박스를 가져다 주었다는 그 회사의 기사를 접하고 나는 또다시 경악했다. 비정해도 이렇게 비정할 수가 있나. 내부 상조 회칙에 따른 업무 처리였는지, 몰지각한 회사 임원의 지시였는지는 몰라도 경우를 살피지도 않고 생각 없이 따르는 것도 죄라면 죄다. 그렇게 규칙이 중요한 사람들이 왜 2인 1조라는 작업원칙대로 업무를 지시하지 않았을까. 할 수 있는 게 고작 불매 뿐이라는 게 미안하고 안타까웠다.

어느덧 해는 바다 아래로 숨어버렸다. 배는 점점 육지에 가까워져 녹동항의 불빛을 마주하고 있었다.

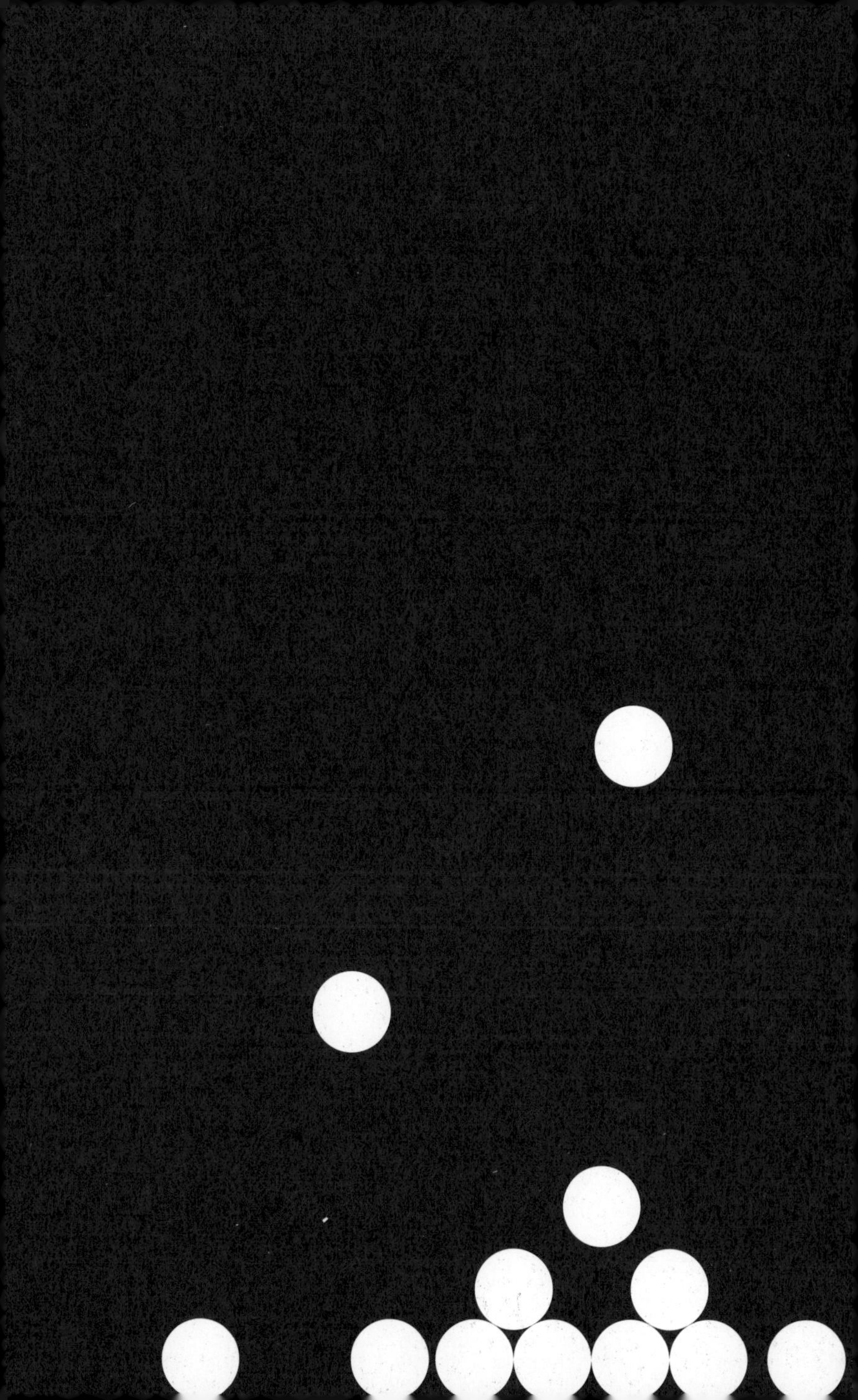

여행은 원점이 있어 늘 도망칠 수 없는 현실로 돌아와야 하지만, 쓰기로는 얼마든지 멀리 갈 수 있으니까.

에필로그

"왜 멀리 떠나가도 변하는 게 없을까, 인생이란."[7]

여행을 떠날 때면 오래전에 읽은 소설 속 문장을 되새긴다. 떠나도 별 거 없을 거라고, 돌아와도 별 거 없을 거라고, 한번 정해진 삶의 원점은 변하지 않을 거라고. 그건 여행에 덧입혀진 너무 많은 의미들을 먼저 걷어내 실망의 여지를 줄이려는 주문인 동시에 반복되는 여행에서 얻은 분명한 교훈이다. 여행은 때로 한 사람의 인생을 송두리째 바꾸기도 한다지만, 대부분의 사람들에게는 알아차릴 수도 없을 만큼 미세한 변화를 가져다 줄 뿐이다. 아련한 추억을 덤으로 얹어 주면서.

---

7. 김영하, 『나는 나를 파괴할 권리가 있다』, (문학동네, 2010.) 134p.

차마 글이 되지 못했던 사건이 여행의 중반부를 파고들기 시작했을 때는 그 사실을 한번 더 절감했다. 이후 나는 무기력을 반복하며 귀한 휴직기를 흘러 보냈다. 책이야 안 내도 그만이라는 식이었다. 일 년도 한 달도 아니고 3주, 놀러 갔다가 아주 눌러 앉아 버렸다는 식의 눈 뜨이는 이야기도, 운명의 상대를 만났다는 로맨틱한 소재도 아닌데 뭐 얼마나 읽히겠어, 괜히 인생에 오점 남기지 말고, 하던 일이나 하면 되잖아.

글에 진솔하지 못했다는 게 무엇보다 마음에 걸렸다. 드러낼 바닥이 아직 남아 있는지 혹은 내가 그걸 드러낼 수 있는 사람인지 나도 나를 잘 모르겠어서, 마침표는 자꾸만 미뤄졌다. 여행은 점점 희미해졌다. 해가 바뀌었고 예정보다 이른 복직을 권유 받아 일터로 돌아왔다. 일이란 시간을 삼키며 굴러가는 걸까. 시간은 속절없이 흘러 서른 살이 됐고 8월이 왔다. 한겨울과 봄, 여름을 지나며 하루의 오차도 없이 입금되는 월급을 볼 때마다 생각했다. 글 같은 거 쓰지 않아도 먹고 살 수 있는데, 왜 세상에 내 아픔과 흠결을 내보여야 하는지. 숙성되지 않은 글들을 출간해 서른의 경력으로 못박아야 하는지. 다 없는 일, 없는 글로 만들어 깊이 숨겨 두고만 싶었다.

그러나 실은 알고 있었다. 그럴 수 없다는 걸. “일단 쓰는 재미를 알아버린 사람이 그 일을 그만둘 수 있을까.” 지난 책의 저자 소개 란에 적었듯, 재미보다 고통이 더 커져버렸다고 해도 쓰기를 떠나 보낸 삶을 상상할 수 없었다. 최승자는 어쩜 “이렇게 살 수도 없고 저렇게 살 수도 없을 때, 서른은 온다.”고 썼을까. 이제 내게 글이란 안 쓸 수는 없고 쓰기에는 너무 어려운 것이 되어 있었다.

노트북을 켜고 몇 달째 잠들어 있는 파일을 깨웠다. 원고를 다듬으며 생각했다. 이건 또다른 원점이라고. 타의로 정해진 원점이 있다면, 인생에는 스스로 정한 원점이 하나 더 있었다. 잠시 벗어났다가도 결국 돌아오게 되는 원점. 가장 좋아하는 일, 포기가 되지 않는 일, 습관이 되어버린 일.

여행은 기본적으로 변화에 대한 욕구다. 늘 보고 듣고 느끼던 일상에서 벗어나 다른 것을 보고 듣고 느끼려는 욕구. 제주로 떠나면서 지금의 내 일상과는 동떨어진 수많은 삶의 모양을 상상했다. 여행하는 일로 먹고 사는 삶, 제주도에서 나만의 작은 가게를 꾸리는 삶, 서핑에 미쳐 바다와 물아일체로 사는 삶…, 그러나 나는 쓰기가 아닌 다른 방법을 가지고 지금과 다른 삶을 살고 있을 나를 상상할 수 없었다. 고지식하지만 여전히 나는 '쓰기'에 그런 힘이 있다고 믿는 사람이다. 삶을 바꿀 만한 여행은 없어도, 삶을 바꿀 여행기는 있다고 믿는 사람.

나는 그냥 써 보기로 했다. 결국 변화를 가져다 주는 건 결단과 행동일 뿐 여행 그 자체일 수 없으니까. 불완전한 이야기라도 일단 세상에 던져 보기로 했다. 여행은 원점에서 출발해 언젠가는 제자리로 되돌아와야 하지만, 쓰기로는 얼마든지 멀리 떠나 돌아오지 않을 수 있으니까. 그러고 보면 나는 가깝고 먼 여정마다 아주 오래 전 아주 먼 곳에서 쓰인 수많은 책들과 동행하곤 했다. 책이라는 물성을 입은 누군가의 이야기가 물리적

커피
COFFEE
10004OK COFFEE
만사오케이
DESSERT

시공간을 뛰어넘어 내 곁을 맴돌고 있듯, 파편 같은 여행의 시간을 그러모은 이 책이 아주 멀리까지 도달하기를 간절히 바라며 쓰고 지우고 다시 쓰고 지우기를 반복했다.

먼저는 내 손을 떠나간 책들이 어디까지 갈 수 있을지 궁금하다.
그 후에는 그 책이 나를 어디까지 데려갈지 궁금하다.
아주 멀고 먼 곳이었으면 좋겠다.